発達障害だから強くなれた

ぼくが発達障害だからできたこと　完全版

市川拓司

朝日文庫

本書は二〇一六年六月、小社より朝日新書として刊行されたものに、
大幅に加筆修正を加えたものです。

まえがき

ひとことで言えば、これは「極めつけの問題児だったぼくが、なぜアジアやヨーロッパの国々でベストセラーになるような小説を書くことができたのか？」ってことの理由を、自分なりに考察した本です。

ぼくはずっと「困った子供」であり「間違っている生徒」でした。「教師生活始まって以来の問題児」と先生から言われ、どうにも記憶力が悪いために、学校での成績が三百六十五人中三百六十番まで落ちたこともありました。手の付けられない多動児で、毎日のように高いところに登っては、そこから飛び降りることを繰り返していた。中学のときは校舎の三階から飛び降りようとして、みんなから止められたこともありました（自分の中ではそんなに大それた挑戦だとは思っていなかったんですが）。

社会人になっても問題行動ばかり起こし、まわりからは相変わらず「間違ってる」と言われ続けました（実は、作家になってもぼくは依然としてアウトサイダーで、いまだに場違いなところに迷い込んだ異邦人のような気分でいます)。

いまから十年ぐらい前ですかね。その理由が実は「障害」と言われるようなレベルで、ぼくのパーソナリティーが傾いてるからなんだってことを知りました。なあんだ、って気分です。ならいっそ清々《すがすが》しい。違ってて当たり前。それに、仲間だっているらしい。

ぼくは、自分自身をもうひとりの自分の目で冷静に観察し、その奇妙な行動の理由をあれこれと考えるのが好きです。

なぜ、ぼくは高いところに登りたがるのか?　なぜ、ぼくは毎日家の中を一時間も二時間も走り回るのか?　なぜ、ぼくには虚栄心やプライドがないのか?　なぜ、ぼくはTVのドラマで誰かが誰かを責める場面になると耳を塞いでその場から逃げ出してしまうのか?　なぜ、ぼくは格付けやステータスや流行にまったく無関心なのか?　なぜ、ぼくは森の緑や川の流れや星や雲が好きなのか?　なぜ、ぼくは家族と一緒にいたがるのか?　なぜ、ぼくは「純愛作家」なのか?　なぜ、ぼくの書いた小説が、とりわけ暖かい地域の国々で愛されているのか?

そもそも、なぜ、極めつけの問題児で勉強もできなかったぼくが、ベストセラー作家になれたのか？

ぼくは医者でも研究者でもないので、小説を書くように、その意味を自分で想像（創造？）していきます。

ひどく風変わりな主人公。彼はなぜ、こうなのか？

ぼくはこんなふうに書きます。なぜなら、彼は「ララムリ」だから。なぜなら、彼は「テナガザル」だから。なぜなら、彼は「バビル2世」だから。なぜなら、彼は「外胚葉」だから。なぜなら、彼は「脳の下部」でものを考えるから。

そしてさらに、そんな彼が一番大事にしているのが、「純愛と感傷とノスタルジー」であって、それって近代の小説ではむしろ「間違ってる」って言われていることばかりなんだけど、ためしに自分の物語を書いてみたら、けっこう多くのひとたちが悦《よろこ》んでくれた。

たとえば――がさつで身勝手なこの社会に強い違和感を覚え、そこから逃げ出したいと願っているひととか。あるいは、多くのひとと繋《つな》がることを負担に思い、なんでこんなことしなくちゃいけないんだろう？　って思ってるひと。ナイーブすぎて、優しすぎて、そのためにすっかり疲れてしまったひと。「お前は間違っている」と言われ、きっとそうなんだろうなって思って、自信をなくしてしまってるひと。

この本は、そんな「彼と彼の仲間たち」のための、かなり変てこな小説的仕様書でもあります。

二〇一六年五月五日

目次

「親を育てる」　248

作家生活　276

発達障害だから強くなれた

第一章

「障害」と一緒にぼくは生きてきた

「三十年で一番手が掛かる子」

知ってた？　あなたは自分で思っている以上に特別な人なのよ。あなたに似たひとなんかどこにもいない。世界中どこを探したって、あなたの代わりを見つけることなんてできやしないわ。

「いまひとたび、あの微笑みに」


ぼくの小説でヒロインが、愛する男性に宛てて書いた手紙の中の一節です。

そしてこれは、ぼくの奥さんが、ぼくに向かって幾度も投げかけてきた言葉でもあります（まあ、だから、ふっとこんな一節を書いてしまったんだけど。作家っていうのは、そういうことをよくやります）。

実際にはもうちょっとニュアンスが違ってて、「ほんと、あなたって変わってるわね。こんな変な人、あなた以外に会ったことがないわ」ぐらいの感じです。しかも、彼女はそれを嬉しそうに言います。彼女もそうとうに変な女性です。

まあ、変わってるんでしょう。小学校三年生のとき担任だった女の先生は、「教師生活三十年の中で、あなたが一番手の掛かる子だわ」と嘆いていました。

それはすごい！　何人の教え子の頂点にぼくは立ったんだろう？

自分を客観的に見たときに、これは、けっこう「特別」なんじゃないか？　って思うことはいくつかあります。作家になって気付いたことなんだけど。

ひとつは、ぼくほどにおセンチでナイーブ（自分で言っちゃってますが）で、妻への愛を臆面もなく謳《うた》い描く作家が、世界中を探してみてもあまり見当たらないってこと（まあ、たまたまぼくが知らないだけってことなのかもしれませんが）。抑制の欠片《かけら》もなく、極度のロマンチスト。内容は驚くほどシンプル。純度一〇〇パーセントの純愛小説。ともかく、そういった作家なので、編集者さんや書店員さんたちからは、いろいろと興味深い言葉をいただいてます。

デビューした直後には、新たに「市川拓司小説」ってジャンルが生まれた、みたいなことをよく言われました。あと、同業他社なし、競合作家なし、みたいなことも。読者の方たちからは、「この思いに浸りたいときは、市川作品を読むしかないのよ」なんて言われたりもします。ありがたいことです。

ぼくは、中学のとき「バカ」という、なんのひねりもウィットもないアダナを級友たちに付けられたんだけど（じっさい、驚くほど勉強ができませんでした。学年で下から六番目まで落ちたこともあった。そしてあきれるほどの多動多弁。相手が聞いてなくてもひとりでしゃべり続ける。それが授業中なもんだから、先生からは頭の形が変わりそうになるほど叩《たた》かれました。頼むから本の角で叩くのはやめてほしい）、こんなアダナを授かった子供が、のちに小説を書いて、それがたくさんの言語に翻訳されて、世界中のひとたちから読まれるようになるなんてこと、まあ、そうそうはないはず。

自分でもけっこう驚いてます。神様のドッキリ？　なんて思ったりして。

ただ、いつも夢には見ていました。小学校の卒業アルバムにも、将来の夢は「作家になること」って書いてたし、奥さんと結婚した頃は、ふたりでよく、「もし、ぼくの小説がハリウッドで映画化されたら、主人公はキアヌで、音楽はマイケル・ナイマンに頼もう」なんてことを一晩中飽きもせずに語り合ってました。

実際には、奥さんに読んでもらおうと思って書いた恋愛小説がたったひとつあるだけなのに、世界でぼくらふたりしか知らない小説なのに、妄想は果てしなく膨《ふく》らむ（そして、それはかぎりなく現実に近づいてゆきます）。

このぼくの「妄想する力」は、かなり特別あつらえかもしれません。何時間でも、細部にいたるまで、鮮明に夢のビジョンを見続けることができる。

ぼくは映画公開に合わせてアメリカに渡ります（もちろん、妄想の中で。ぼくはパニック障害を持っていて飛行機には乗れません）。そのときインタビューに来た向こうの女性記者さんたちの顔かたちや服装までも、ぼくはしっかりと想像（妄想？）します。髪はブロンドで、ジャケットは白、声が少し嗄《しゃが》れてて、ものすごく早口――と頭の中に鮮明なビジョンを浮かび上がらせていく。

飽きないんですね。一時間に及ぶインタビューもすべて頭の中でシミュレーションします。まあ、言葉はなぜか日本語なんですけど。

この度を越えた妄想力はあなどれません。

ぼくの二作目の小説『いま、会いにゆきます』は映画化され、それを観たジェニファー・ガーナー（あのベン・アフレックの奥さん。こないだ離婚を発表しましたが……）が、なんと自分の主演でリメイクしたいと言ってきてくれたんです。ついに妄想が現実になるのか⁉　と舞い上がるふたり。

すべては「障害」だった

けれど実際には、その直後から彼女は立て続けに三人の子供を出産して、話はそのまま立ち消えになってしまいました。それだってすごく嬉しかった。とりあえずは憧れのハリウッドに思いが届いた、ってことですから（告白してOKされたんだけど、次の日のデートでふられる、みたいな感じ？）。

その後も、ぼくの小説はたくさんの国で翻訳出版されてゆくことになります。

最初にアジアでがあっと人気が広がって、それから北米、ヨーロッパ、南米へと。最近はベトナム、フランス、イタリアあたりが盛り上がってる。

パリのラジオ局が『そのときは彼によろしく』の紹介番組を一週間続けて流してくれたり、イタリアで『いま、会いにゆきます』の朗読会が開かれたり。

イタリアといえば、どこかの私立学校の授業でぼくの小説が取り上げられたのか、ひとりの女子生徒がみんなを代表して感想と質問の手紙を送ってきてくれたこともありました。

南太平洋の島からも（フランス語版）、チリの小さな町からも（スペイン語版）、ほんとに嬉しくなるような感想がぼくのもとに届きます。

何日かに一度、ふと我にかえってびっくりします。これってほんとにぼくの身に起こったことなのか⁉　って。あのバカと呼ばれていた少年が、こんなとてつもない夢を本当に叶《かな》えてしまったのか？

常識がないからこそ夢のような夢を持つことができる。そして、迷いがないからこそ、過度の集中を五年も十年も続けて、思いをたぐり寄せることができる——そういうことなんだろうか？

作家になって何年か経った頃、ぼくはこの自分の極端な個性が、実は「障害」であったことを知ります。

つまりは、三十年に一人の問題児であったことも、級友たちから「バカ」とアダナを付けられたことも、作家として希少種であることも、ハリウッドに手が届き掛けたことも、たくさんの国のひとたちがぼくの小説を読んで感動してくれたことも、すべては、この「障害」があったからなんだ。

すごいな、「障害」。


ということで、もうちょっと、その「障害」とやらを考察していきたいと思います。

ぼくは、いったいどんな人間なのか？

脆く儚い存在だった母

「ママ、ごめんね」

彼は言った。

澪は立ち止まり、屈《かが》んで佑司と視線を合わせた。


「いま、会いにゆきます」

ぼくはそうとうな難産で生まれました。妊娠中に不正出血があって、母は医者から中絶しないと母体にも危険が及ぶと言われたそうです。

母は同じような経緯で、すでにぼくの姉を亡くしていました。身長が160㎝を超えているのに、体重は37kgしかなく、子供を産むには適さない身体だったんですね。

それでも母はがんばりました。出産を引き受けてくれる病院を探し出し、丸まる二昼夜分娩《ぶんべん》台の上に乗り続け、強心剤を三本も打たれながら、母はまさに命を削るようにしてぼくをこの世に送り出してくれたんです。

母はこの出産をきっかけに、大きく心と身体を壊してゆきます。

おまけにぼくは、夜泣きがひどい赤ん坊で、そのことでも両親を困らせました。三畳一間のトイレもないような小さなアパートですから、隣の住人には泣き声が筒抜けです。なので父と母は交代でぼくを背負いながら、近所の中学校のグラウンドを朝までひたすら歩き続けました。

いまでもそうですが、ぼくは筋金入りの不眠症なんですね。思うに、起きていよう！っていう気持ちが強すぎるんだと思います。過剰に覚醒している。同様に、生きよう！とか、感じよう！　とか、愛そう！　とか、どれもが過剰になっている。これって、けっこう疲れます。ほどほどにできないのがぼくという人間なのです。

なので、夜泣きの時期を過ぎても、あいかわらず眠れずにいたぼくは、いつも母に子守唄を唄ってもらってました。どこか夢のように甘美で親密な、幼児期の一番思い出深い母との記憶です。

ねんねんころりよ、おころりよ、って囁《ささや》くように唄いながら、母はぼくの耳たぶをそっと指でさすります。これが一番効果があるんですね。それでも、優に一時間は寝付かない。だから、子守唄も延々リピートです。たいへんだっただろうなぁ、と思います。六歳になった頃には、すでに十二時過ぎまで目を覚ましているのが当たり前だったし、中学に上がると、それが明け方の三時になった。もう、どうにも目覚めすぎちゃっていたんですね。

ぼくを産んでからの母は、昼間から臥《ふ》せっていることが多くなりました。幼稚園や学校から帰ると、緞帳《どんちょう》のように厚い緋色《ひいろ》のカーテンで陽を遮《さえぎ》った薄暗い部屋の底に母が臥せっている。

ぼくは母が死んでしまったのではないかと不安になり、そっと近づき様子をたしかめます。母は光を嫌い、布団の中にもぐって寝ているので顔は見えない。

だからぼくは、布団が微《かす》かに上下するのを見て、母が息をしていることを確認します。

あのときの、ほっとした気持ち。毎日が、そんなことの繰り返しでした。

ある年のクリスマスイブに、母が心臓の発作を起こしたことがありました（いまから考えれば、あれは突発性頻脈《ひんみゃく》*1の発作だったと思います。心臓よりもむしろ神経のエラー。ぼくも見事にこの体質を引き継ぎました）。

お勝手のシンクの前に座り込んで苦しそうに呻《うめ》いている母。父は営業マンで月の半分は出張で家を空けています。この夜もそうだった。

「救急車を呼ぼうか？」とぼくが訊くと、母は「みんなクリスマスで楽しく過ごしているんだから迷惑掛けたくない」と答えます。

仕方なく、発作が治まるまで、ぼくはずっと母の背中をさすり続けました。すごく不安でした。泣きたくなるぐらい。お母さんが死んじゃうんじゃないかって、そればかり思ってた。

それからも、ずっとこんな感じでした。

母を背負って救急車まで走ったこともあった。深夜の病院で、救急隊員と一緒に診察室の外で診断結果を待つあいだの、あの不安な気持ち。いまでもはっきりと覚えている。

子供時代にこんなふうに過ごすと、やっぱりそれは人格にも影響してくる。

極度に思い遣るとか、愛するひとを実際以上に脆《もろ》く儚《はかな》い存在に感じてしまうとか、生きてほしいと、強く願いすぎるとか。

なんだか、そんな気がしてます。

多動・多弁で突っ走る

教師生活三十年で一番困った子供。

つまるところ、度を越えた多動と多弁なんですね。それと自分のルールで行動してしまうところ。

授業が始まっても席に着けない。床の上を匍匐《ほふく》前進しながら、椅子に座っている級友たちの背中を突《つつ》いて回る。なんだかとっても楽しくて、ぼくはひとりくすくす笑いながら、そんなことを授業中ずっと続けるわけです。

みんなはきっと嫌だっただろうな。でも、この頃はまだ嫌われていた記憶はありません。むしろ人気者だったかも。

とにかくおちゃらけ屋。

朝礼のとき、いきなり朝礼台の上に飛び乗って奇妙なダンスを猛烈に踊りまくり、挙げ句の果てに足を踏み外し落っこちて気を失う、なんて、まるでコントみたいな騒動を引き起こしたこともありました。

落っこちるといえば、まだ就学前、五歳ぐらい？　まあ、とにかくそのくらいのとき、公園の滑り台の天辺《てっぺん》から地面に向かってダイブしたこともありました（ぼくは高いところから飛び降りるのが三度の飯より好きなんです）。

ジャンプの瞬間、柵に足が引っ掛かって、ぼくは頭から地面に落ちました。痛いのなんのって、信じられないぐらいでっかいタンコブができた。しかも、そのショックでウンチまで漏らしてしまった。けっこう衝撃的な出来事でした。

五歳児の身長からすると、滑り台の頂上ってそうとうに高く見えたはずなのに、怖くなかったんだろうか？

その後も、まったく学習することなく、ぼくは飛び降り人生を邁進《まいしん》してゆきます。

我ながらすごいな、と思うのは、小学校の校舎の階段の踊り場から、勢い付けて一気に下まで飛び降りたこと。これは誰にもできないぼくだけのパフォーマンスでした。

あと、ジャングルジムの天辺から、真ん中の細い空間を身体を棒のようにして飛び降りる技。これもぼく以外誰もできない（というか、そんなバカな真似、誰もしようとしない）。さすがに無理があったのか、ときおり鼻をぶつけて鼻血を出してました（思えば、あの頃三日に一度ぐらい鼻血を出していたような気がします。ぼくの鼻の穴が上を向いているのはそのせいよ、といつも母に言われてました）。

小学校高学年になると自転車に乗るようになって、さらに行動は過激になってゆきます。

よみうりランドがある山の頂上から麓《ふもと》に向かって全力疾走。メーターは60㎞まで表示があるんだけど、完全に振り切れてます。

対向車が来たら一巻《いっかん》のおわりなのに、そんなことまったく気にしない。基本的には極度のびびり屋なんだけど、こういうときは誰よりも大胆になる。落下の快感に（この場合は斜めに落ちていくわけですが）酔いしれてる。

自転車で首都高速に乗り入れて、料金所のおじさんに追いかけられたこともあったし、ローラースケートを履《は》いて自転車に跨《また》がり、急坂を一気に下って、そのまま10ｍぐらい先の田んぼまでダイブしたこともありました（自分でもなにを考えていたのか分かりません。衝動のままに生きていた。いまだったら過激さが売りのYouTuberになっていたかも）。

あまりの多動っぷりに、先生たちからはほんとに呆《あき》れられてました。

小学校五年だか六年のとき、ぼくは新聞委員だったんだけど、もう新聞づくりが楽しくて楽しくて仕方なかったですね。とことん没頭する。で、気がついたら一気に十号先まで刷ってました。当時はガリ版刷り。クラスは約四十人ですから、わら半紙四百枚分。

またもやりすぎです。

先生は「こんなのはただの屑《くず》だ。捨てるんじゃ紙がもったいないから、すべての裏に二百字ずつ漢字書き取りをせよ!」って叱られました。けっこう大変でした。二百×四百で八万字の漢字を書くのは(これですっかり漢字が嫌いになりました。いまでもあんまり漢字が書けない。コンピューター様々です)。

一事が万事こんな調子です。ルール無用、本能のままに突っ走る。

これってきっと壮大な貧乏揺すりみたいなものなんでしょうね。怒濤《どとう》の内分泌が「動け!」って命令している。あとで測ってみたら、この頃毎日10㎞ぐらいは走り回っていましたから。そのぐらい動かないと気が治まらない。まあ、のちにそれが高じてぼくは陸上選手になっていくわけですが。

母の躁鬱に翻弄される

ぼくはいろんなものに適応できずにいた。学校や町や社会、それに年に十センチずつ伸びていく自分の肉体にも。

「泥棒の娘」

中学時代は、東京から埼玉に引っ越したことによるカルチャーショックとか、まわりの保守的な環境とかいろいろあって、どこか重く沈んでいた時期だったように思います。ぼくはつらいことは忘れてしまう質《たち》なんで、あんまりよくは憶えていないんですが。

母はぼく以上に新しい土地に適応できなくて、さらに心と身体の調子を崩してゆきます。この頃はほんとにつらそうでした。鬱《うつ》がかなりひどくなり、死のことを何度も口にしてましたから。

基本的に母は躁《そう》のひとなんですね。手の付けられないやんちゃなお姫様って感じです。心は子供のまま、世間知らずで、わがままで、美人でスタイルがよかったものだから、まわりからちやほやされるのが当たり前で、でも、本当はすごく臆病で。

母が調子に乗ってくると、このぼくでもちょっと手に負えなくなる。

新宿とか吉祥寺《きちじょうじ》とか、すごくひとがいっぱいいる中で、いきなり芝居を始めたりします。母は新宿生まれの東京人ですが、それが地方から上京してきた田舎娘のふりをして、大きな声で「はぁ、東京ってえのは、なんてでっかいビルがあるところなんだろうねえ！」なんて始める。みんなが、ぎょっとしてこっちを見ます。隣のぼくはいたたまれなくなって小さくなる。

あるいは、急に幼児返りして、「ヨッコたん、もうお家にかえる！」とか駄々をこね始める。衆人が注目する中、ぼくはもう顔を真っ赤にして俯《うつむ》くしかありません。

そして、路地裏に入ると、母はふいに素に戻ってケタケタと笑い出します。

「見たぁ、あのみんなのびっくりした顔！」って。

なんてひとなんだろう！　ある意味天性の女優でもありました。彼女はぼくに何度も嘘をついた。

あれは吉祥寺のハモニカ横丁で中華料理を食べてたときのことです。母がそっとぼくに耳打ちしました。

「お金持ってくるの忘れたから、食べ終わったら走って逃げるよ」

そう言われたら、もう生きている心地がしません。なにを食べてるかも分からない。それでも、とにかく皿を空にすると、母が「いまだ！」ってぼくの背を押し、駆け出します。全力で走り出すぼく。もう怖くて半泣きです。捕まったら警察行きだって思ってるから。

しばらく行って振り返ると、店の外で母が大笑いしてます。

「やーい、引っ掛かった。拓司がトイレ行ってる間に、勘定済ませてたんだから」

ですって。

ぼくは欲得尽くの嘘や悪意のある嘘は見抜けるんですが、こういった単純ないたずらにはすぐ引っ掛かります。何度も騙《だま》されました。

娘時代は「歌舞伎町の鉄火娘」と呼ばれていたそうです。腕に残るナイフの傷跡を見せてくれたこともあった。大工の棟梁《とうりょう》の娘で、若い衆から「お嬢」と呼ばれ、あのあたりではかなりの顔だったらしい（ほんとかなあ？　これも母お得意のつくり話なんじゃあ……）。

そんな元気いっぱいだった母がぼくの出産ですっかり弱ってしまい、さらには新しい環境に馴染《なじ》むことができずに苦しんでいる。つらかっただろうと思います。

学校から家に戻ると母の姿がないので、もしや、と思い半泣きになってあたりを探し回ったこともありました。そのぐらい、母の状態はきわどかった。

「宇宙人」「バカタク」と呼ばれ、仲間外れに

ぼくはぼくで、学校での生活にどうにも行き詰まっていました。走るのが好きで陸上部に入るんだけど、これが絵に描いたような体育会気質で、不条理なしごきが日常的に行われていた。全国的にもトップレベルの学校だったので、成績の悪い部員はもう完全にお味噌あつかいです。ぼくは県大会の決勝に進むぐらいのレベルでしたが、それじゃあ駄目なんですね。

まわりからは仲間外れにされ、ふつうに振る舞っていても「わざとらしい」と文句を言われ、挙げ句の果てには「ふざけんなっ！」って突き飛ばされる（ぜんぜんふざけて

なんかないのに)。なんだか、ほんとにつらかった。

家に帰れば帰ったで母の沈んだ顔が待ってるし、この頃のぼくは、そんな様々な苦しみから逃れるために、毎晩のように誰もいない真っ暗な田園地帯をひとり駆けていました。それが慰めだった。夜の闇が柔らかな毛布のようにすごく優しく感じられた。

――

ぼくは夜の町を駆けた。この闇が、静寂が、自由が心地よかった。問題はなにもなく、すべてが正しく動いているのだと感じられた。

「泥棒の娘」

成績は見る間に落ちていって、こうなるともう完全に劣等生です。例の多弁症もあって、中学でもぼくは先生たちからとことん嫌われてました。なにをしでかしたわけでもないのに(と、自分では思ってました)、毎週のように職員室に呼ばれてお説教される。廊下を歩けば呼び止められて、ちゃんとしてなきゃ駄目だぞ、みたいに言われる。

陸上部の先輩からは「宇宙人」と呼ばれ、クラスでは「バカタク」(のちにそれが縮まってバカとなる)と呼ばれ、なんかほんとに場違いなところに降り立ってしまった異星人のような気分でした。

最愛の人と出会い、救われる

そう、とにかく、記憶の初めにあるのは、彼女のブラウスを透かして見えていた、下着のあざやかな白さだった。

出会いから語ろうとすると、どうしてもこの記憶から始めなくてはならない。

15の彼女は一切の虚飾をそぎおとした、とても簡潔なからだつきをした、どちらかと言えば控えめな印象の少女だった。


「Separation」


おそらくは中学時代がどん底で、そこからぼくは少しずつ学力を上げていきます。

高校受験も間近になった頃、「やっぱり、このままではいけない！」と急に思い立ち、例の特別あつらえの集中力で、があーっと勉強してなんとか偏差値50台半ばの高校に滑り込みます。

好きでないことはすぐに集中が切れるので、一ヶ月とか二ヶ月とか、そのぐらいの、いわば「やや長めの一夜漬け」みたいなやり方が一番ぼくには向いているような気がしてます（それにぼくは信じられないほど記憶力が悪いので、長く勉強していると、前のほうにやったことをどんどん忘れてってしまう)。

参考書なんか読んでる時間はないので、ひたすら過去問ばかり繰り返し解いてました。けっこう、これがよかったのかも。

この高校がほんとによかった。なんか、この半端な偏差値がある種のスクリーニング的役割を果たしていたのか、似たような人間ばかりが集まっていた。

ぼくなみの多動多弁がぞろぞろいる。頭はいいのになぜか勉強だけは駄目、みたいのとか、逆に中学ではトップクラスだったのに、勉強には興味がないのでこの辺に落ち着きました、みたいのとか。

とにかく、あらゆる意味で「緩《ゆる》い」学校でした。当時はまだ就職高校みたいな側面もあったから、先生もうるさくなかったし。


ここでぼくは奥さんと出会います。十五の春。まさに小説に書いた通りの出会いでした。

ただ、ぼくと同じ中学から来ていた女子から「あの子、中学でバカってアダナだったんだよ。あんまり近づかないほうがいいよ」みたいに言われたもんだから、奥さんも最初はそんな感じでぼくを見ていたようです。

それに、いままでもよく言われますが、ぼくは「ほんとうるさかった」ようです。三年間なぜかずっと同じクラスで、しかも班も一緒のことが多かったから、彼女はぼくの「大声」「多弁」の一番の被害者だったとも言えます。

ふつう多動とか多弁って、小学校の高学年ぐらいになると治まってくるものなのに、ぼくにかぎっては、なぜかさらにパワーアップしていったように思います。

現在も、とんでもなく多弁です。声の大きさの調整ができないので、ものすごく大声で、しかもマシンガンのように早口でしゃべります。途切れることなく、五時間六時間ぶっ通しでしゃべり続ける。ひとの倍の速度でしゃべるので、実質十〜十二時間分の内容を相手に浴びせることになります。

なので、「あなたの話し相手をすると、ものすごく疲れる」と言われます。「ふつうのひとを相手にするときと、脳の使い方がまったく違うような気がする」と。

ぼくは自分だけのルールで行動する人間なので、高校に入っても、学校には好きなときに行って、気が向かなければ授業には出ない、といった感じでかなり自由に振る舞ってました。教科書も必要ないものは買わない。上履《うわば》きもいらない（先輩からもらったボウリングシューズを履いてました）、ノートも取らない。このへんの「あまりにも自由人」的な振る舞いもまた、彼女にとってはおおいに迷惑だったようです。

彼女はすごくちゃんとしたひとなので、「信じられない」って言います。「教科書や上履きは、学年の始めにみんながもれなく買うものでしょ？　使いそうもないからいらない、ってそんなのあり得ない」

ぼくがいないと先生は奥さんに「市川はどこに行った？」って訊くわけです。「知りません……」って彼女は答えます。それが毎日のように繰り返される。試験前になると、ぼくはきちんと板書している彼女からノートを貸してもらって必要そうなところだけ写します。すごく読みやすくて、とても助かりました。

こんな感じで、もうまもなく四十年です。ほんと感謝してます。

記憶力がとにかく悪い

4月の2番目の土曜日。

ぼくは呼吸困難の発作を起こして病院に運ばれた。ようは、この時初めてカチンとスイッチが入り、バルブが開かれ、そしてレベルゲージが振り切れたのだ。

「いま、会いにゆきます」

大学受験も、基本は高校受験と一緒です。長期戦はぜったい無理、というか無駄。なので、これもまた「長めの一夜漬け」です。

理科系、社会科系、数学はもうはなから諦めてました。ぼくはたとえば映画の内容とか、小説の筋とか、そういったものに関しては普通のひと以上に覚えがいいんだけど、ぽろっと単体で転がってるやつ、化学記号とか年号とか、そういったものはほんとに覚えられない。覚えられる気がしない。

あとぼくはひとの名前と顔も覚えられない。これもびっくりするほどです。何年も一緒に遊んできた級友の顔とかも忘れてしまう。髪型や眼鏡が変わるともう駄目。ご近所さんの顔や名前も覚えられない。何十年もずっとお隣さん同士なのに。

ましてや、ほんの数回しか会ったことのない編集者さんとかライターさんなんていうのはまったく駄目で、それでよく待ち合わせのとき苦労します。誰を探せばいいのか分からないいんだから（ただ、例外があって、一度しか会わないのに、いつまでも忘れない顔っていうのもあります。それがどういう仕組みなのかは自分でも分かりませんが）。

奥さんからは、「三日会わなかったら、わたしの顔も忘れるでしょうね」って言われます。「鏡見なかったら、自分の顔だって忘れてしまうんじゃない？」とも。

なんか、そんな気もしてます。

数学ができないのも、記憶の悪さと関係してるのかも。だって「算数」の頃はむしろ得意だったんだから。代数が出て来てがくっと悪くなり、三角関数で完全にギブアップです。記号が覚えられない。すべての記号や公式が気持ちいいぐらいに頭を素通りしていく。

ただ、なぜか英語だけはできた。単語も覚えられた。言語っていうのは、きっと記憶の仕方が、他とは違っているんでしょうね。

とはいえ、あれやこれや手を出すのは効率悪そうだったので、『赤尾の豆単』（赤尾好夫・著『英語基本単語集』）と『原の英標』（原仙作・著『英文標準問題精講』）、この二冊だけをおそらくは百回以上読み返して、それで受験に臨みました。直前の全国模試では、上位5％に入るぐらいのレベルになっていた（すごいな豆単、英標！）。一応、ほかの教科も受けたけど、国語以外は偏差値40ぐらい？　国語も漢文さえなければ、もうちょっと行けたはずなんだけど（思えば、漢文も「言語」なんですけどね。どうにも苦手でした。漢字多すぎ）……。

まあ、そんなこんなで、試験科目が英語一教科の獨協《どっきょう》大学に無事入学。家の近くに、こんな個性的な方針を打ち出している大学があってほんと助かりました。

パニック発作に襲われる

大学は陸上競技を続けるために行きました。高校ではなんとかがんばって県のトップスリーに入るところまで行ったんだけど、まだやりきった気がしなかった。できれば、日本のトップレベルにまで上り詰めて実業団選手になりたかった。

高校もそうだったんだけど、大学の陸上部も部員数が少なく、とくに「名門」ってわけでもなかったから、のびのびとくつろいで競技に打ち込むことができました。アットホームな感じで、とっても楽しかった。

指導者はなく、自分たちで練習メニューをつくっていたので、ここでもまたぼくはやりすぎます。いくら練習しても、したりない。もっと、もっと練習したい！

この頃、多いときには一日八時間ぐらい練習していました。しかも、例の不眠症は続いているから、夜は眠らない。徹夜明けにそのまま20㎞走るとか、そんなことふつうにやってました。

食事もおざなり。この頃、母は入院を必要とするほどにまで体調を崩していたから、とても子供にまでは気が回らない。

というわけで、見事にパンクです。

禁じられた高みを目指して海面に叩き付けられたイカロスのように（こう書くと、なんだか格好いいですね）、ぼくもまたどん底へと突き落とされます。

いまから思えば、あれは[*2]パニック発作だったんですね。当時は心臓とか肺の病気だと思ってたけど。

自主練でひとり誰もいないグラウンドを走っているとき、ぼくは突然呼吸困難に陥って倒れます。動悸《どうき》、冷や汗、不条理なほどの恐怖、死の予感。教科書通りです。

その後も同じようなことを何度か繰り返し、ついにぼくは競技生活を諦めます。

届きかけていた実業団選手の夢はシャボンのようにはじけて消えました。記録的には、その年の全日本ランキング八十位ぐらいまでは行っていたので（大学生だけなら、もっと上だったはず）、ほんと、あともうちょっとだったのに。

逃した魚を大きく語るのは釣り師のつねですが、あとになってからぼくはいつもこう思ってました。

「うん。もし、あのとき身体壊してなかったら、日本代表になって、アジア大会ぐらいには出てたかもな」

色弱で就職試験が受けられない！

実業団選手を諦めたぼくは、次にジャーナリストを目指します。それまでSF小説と陸上競技雑誌以外、ほとんど活字に触れたことなんかなかったんですが、たまたま父親が持っていた＊3本多《ほんだ》勝一《かついち》さんの文庫本を目にして、ジャーナリストってなんて格好いいんだ！　と思ってしまったんですね。

学校は半年ぐらい休んで、また通い出してました。パニック発作で電車に乗れなくなったので、バイク通学にして。

いくつかの病院で検査したんだけど原因は不明。三十年以上昔の話ですから、まだパニック障害もあまり知られてなかったし、「メンタルクリニック」なんて看板を掲げてる病院もなかった。初期に適切な治療をしなかったために、ぼくは病《やまい》をすっかりこじらせてしまいました（まあ、ただ、こんだけ脳のつくりがひとと違っていることを考えると、どっちにしてもあまり変わらなかったのかな、なんて思ったりもしますが。両親ともパニック障害を持っていて、いわばぼくはパニック障害界のサラブレッドです）。

体調がいくらか元に戻ってくると、ぼくはまたもや例の度を越えた集中力を使って（これってなんだか、009の加速スイッチ*4みたいですね）、マスコミ就職者向けの一般教養や時事英語を猛烈に詰め込み始めます。どんどん頭からこぼれていくけど、それを越える勢いで取り込んでいく。こういうとき不眠人間は便利です。ひとの倍時間を使える。

で、いよいよ就活シーズンに入ってみたら、なんとぼくは極度の色弱のために、ほとんどの新聞社、出版社が受験不可という衝撃の事実が発覚！（たんなるリサーチ下手なんですけどね。ぼくはこの「情報」をハンドルするってことがどうにも苦手です。自分

自身が五感で得たものしかうまく扱えない。二次的な情報は、なんかとらえどころのない霞《かすみ》のように曖昧《あいまい》で遠く感じられる）

ようやく色弱でも可、という専門書の出版社を見つけ出し、なんとか内定を取り付けました（筆記試験、面接の記憶はまったくありません。何度もパニックを起こしながら電車を乗り継いで都内まで行ったものだから、着いた頃にはすでに意識朦朧《もうろう》状態だったのかも）。

一難去ってまた一難。

今度は、大学の必修科目のレポートが「字が汚くて読めない」と突き返され、単位不足で卒業の危機に。小学生じゃあるまいし、字が汚くて単位がもらえないだなんて……。まあ、たしかにそうなんですが。急いで書いた字は自分でも読めない。

ぼくはいまでも、あの漢字八万字書き取りがいけなかったんじゃなかろうか、なんて思ったりもします。あそこで、慌てて書く癖をつけてしまったから字が荒れたんだ、なんて。

実際には、たぶんぼくの「過剰癖」が字にも表れてる、っていうのが真実なんでしょう。

筆圧がとにかく強く、鉛筆の芯がどんどん折れてしまう。シャーペンもしかり。あまりにもペン先を強く押しつけるものだからノートに穴を開けてしまう（実は、タイピングもそうで、ぼくのキーボードはあまりの打撃？に耐えかねて、すぐに印字されてる文字が消えてしまいます。打つ音もすごいらしくて、工事現場みたい、って言われます）。あとはやっぱり、幼児期に左利きを右利きに矯正《きょうせい》したのが大きいかも。親はぼくの左手を縛って矯正したのですが、それ以来どっちの手もうまく使えなくなったような……。それとも、もともとぶきっちょなのか。

「鏡文字」もずっと書いてました。「さ」と「ち」、数字の「5」、アルファベットの「E」なんかは、いまでも怪しい。漢字のつくりと偏もすぐ間違える。「確」と「鶴」がとくに弱い（ワープロってほんと便利）。

靴もなぜかいつも逆に履いてたし、ほぼ九割ぐらいの確率で「右」を「左」、「左」を「右」って言うし。

利き手を逆転したことで、ぼくは鏡の国の住人になってしまった。

まあ、そんなわけで、そうとうに卒業の危機だったわけですが、ゼミの教授に泣きつき、教科の先生を説得していただいて、レポート再提出を条件にどうにか単位を取得することができました。

会社では同性愛者だと思われていた

ようやくのことで入った出版社をぼくは三ヶ月で辞めます。なんとかパニックを抑えて電車で通っていたけど、やっぱりそうとうにきつかった。それだけじゃなく、精神的にもけっこうぎりぎりだった時期で、いま考えれば、はなから無理だったんですね。

あと、会社そのものもつらかった。たてまえ、無意味な労働規約や慣習、有無を言わさぬ父権的なトップダウン。

ずっと上司に逆らってました。いやな新人だったでしょうね。学生時代の繰り返し。さらに加えて、ぼくは、会社の人たちから同性愛者と思われていた。社会人としてのしゃべり方を注意されるのではなく、もっと「男らしいしゃべり方をしてほしい」って上司から言われるってどうなんだろう。

その瞬間、「あらっ」って言っちゃいました。「あらっ、そうなんですか？」って。この「あらっ」はぼくの口癖ですが、そのときの上司の渋い顔と言ったら。

まあ、これはみんなのせいというより、ぼくがそのように見える人間だったから。仲のいい友人たちからも同性愛者だと思われてたし（だから、奥さんと結婚したとき、けっこう驚かれた）。

ぼく自身も、自分は半分以上が女だなって感じてます。ひとことで言うと、女のひとが好きな女子中学生、それがぼくです。その心だか魂だかが、中年のおっさんの身体に収まっている。

そうとうに倒錯しています。あとにも出てくるけど、キーワードは「未分化」なんですね。男でも女でも、大人でも子供でもない。ある種の原型。もっといくと夢も現《うつつ》も、生も死も、自分と他者さえもが曖昧になっていく。

これって物理学の話みたいでしょ？

高エネルギー状態では、すべての力、素粒子がひとつになって区別がなくなってしまう。ひも理論[*5]だと、それはただの震える一次元の弦だそうです。

エネルギーの高い人間もおんなじ。区分けっていうのは、低エネルギーの産物なんですね。猿からひとになって、ぼくらはいろんなものを分けて考えるようになった。

ぼくは猿人間でもあるので（きっと、メスザルですね）、おおむねすべてが一緒くたになってます。「らしく」とか、「かくあるべし」とかからは完全にフリーです。ちっとも男らしくないし、大人、あるいは親のように振る舞おうともしない。

ぼくは震える一次元の猿です。なかなか、ひとはそうは見てくれないけど。

まあ、そんな感じで、ぼくは何者でもなくなった。学生でもなく会社員でもない。ただのプータロー（もう死語ですね）。

愛する人からも逃げてしまう癖

ぼくはきみからサイン帳を受け取ると、少し考えてからそこに短い言葉を書いた。
『きみの隣はいごこちがよかったです。ありがとう』

「いま、会いにゆきます」

高校卒業の日に、実際そんなやりとりがあり、奥さんとぼくはそのまま離ればなれになりました。きっと次に会うのは、五年後の同窓会とかそんなときなんだろうな、と思いながら。

ところが、半年後に奥さんから手紙が届きます。
「市川くんのシャープペンシル預かってます、どうしましょう?」
おっちょこちょいのぼくは、サイン帳に自分のペンを挟んだまま彼女に返しちゃったんですね（下心なし。潜在意識までは分からないけど）。大事なペンだったので「取りに行きます」って書いて送ったら、「寮に入っているので家に帰ったら連絡します」って返事が来ました（奥さんは高校で始めた新体操を続けるために体育大学に進学し、東京で寮暮らしをしていました）。

で、卒業した年の冬に再会して、そこからなんとなく付き合いが始まった。シャープペンシルがとりもつ縁です。

淡いものでした。お互い競技活動ですごく忙しかったから、会うのは年に一度とか二度とかそのぐらい。インターネットも携帯電話もない時代。交信はもっぱら手紙です。

でも、これがよかった。

ぼくは、女性でも男性でも、相手が急速に自分のエリア内に近づいてくると、本能的に逃げる癖がある。

小説では、それをこんなふうに書いてます。

そばにいたいと思ったら、ただ、そばにいるだけでいい。そう願った相手でさえも、もし向こうからぐっと迫ってきたら、わたしはきっと逃げ出してしまう。わたしの願いは、ただそばにいること。電荷を持たずに、ニュートラルな形で。そうやってゆっくりと相手に馴染んでいきたい。恋に落ちるのではなく、わたしはゆっくりと懐いていきたい。

「Your song」

究極の奥手には、こんな理不尽な理由があります。ジレンマ。愛と防衛本能がせめぎ合ってる。

死の恐怖に怯えながら日本一周

奥さんも、ぼくと同じようなつくりをしていたので、お互い、それこそ「上品なダンス」（ｂｙ『壊れた自転車でぼくはゆく』）でも踊るように、適度な距離を置きながら、じっくりと相手を観察し合ってました。ぼくらは「数打ちゃ当たる」タイプではないので、このへんはとても慎重です。


きみは言った。

「行きましょう。先に進むの」

人にはすごく意義深い瞬間というものがある。ぼくにとって、この時がまさにその瞬間だった。（中略）

ぼくはこの言葉を聞いた瞬間、きみとずっと一緒にいようと心を決めた。

きみの人生はきみが決める。そして、きみはぼくと歩く道を自ら選んだのだ。そ

──れをぼくが薄っぺらな独善で拒絶するのは傲慢《ごうまん》というものだ。

「いま、会いにゆきます」

そんな、あるかなきかの淡い交情を育《はぐく》み始めたまさにその矢先、ぼくは身体を壊し陸上競技から離れていきます。そしてようやく入った会社も三ヶ月で辞めてしまう。ぼくはひじょうに自己肯定感が強い人間ですが、さすがにこのときは、彼女に「ぼくを選んで」とは言えなかった。

ぼくは彼女から離れることにしました。いまならまだ間に合う。ぼくのぱっとしない未来に彼女を付き合わせてはいけない（ほんとに調子が悪くて、もう二度と仕事には就かずに、親に養われて家庭菜園でもしながら、ひっそりと生きていくんだろうな、ぐらいに思っていました。そのことは、一切彼女には言いませんでしたが）。

素っ気ない態度を取ったり、少しずつ会う回数を減らしていったり（この頃彼女は実家に戻っていたので、ふたりは以前よりも頻繁にデートしてました）。

そして最後に取った行動が、バイクで日本一周の旅に出ること。どのくらいかかるか分からないけど、会えない時間が長く続けば、ふたりの関係もやがては自然消滅してしまうはず──そんなふうに思って（実際にはそれだけじゃなく、パニック障害を患っても、バイクさえあればどこにだって行けるんだってことを確かめたかった、とか、ずっと狭い世界に閉じ込められていたことに対する多動児的反動、とか、ほかにも理由はいろいろあったように思います)。

この旅はほんとハードでした。彼女から離れることもつらかったし、神経的にもそうとうにきつかった。家からほとんど離れることができないぐらい不安感が強かったのに、それをいきなり日本一周ですから(毎度のことながら、振り幅大きすぎ)。

ぼくは神経は弱いんだけど、精神は強いんですね。克己心とか自負心とか。だから心は負けないんだけど、そのひずみを神経や身体がもろに被って悲鳴を上げる。ひと月半の旅のあいだに体重は7kgも落ちました。

そのうち、この旅のことを書いた本を出したいな、とも思ってます。ネットにも手記は公開していますが、そこではあえてネガティブなことは省《はぶ》いてある。ほんとは、毎日がパニック発作の連続でした。家を離れれば離れるほど不安は増してゆく。死の恐怖(ほんとにそうなんです。健常なひとにには理解できないでしょうけど、それがパニック発作とか不安神経症とか言われているものの本質です。極限まで拡大された心気症)。

おそらくは、一般的なひとがロケットに乗って月の裏側をまわってくるぐらいの不安や緊張があったと思います。理不尽なまでの恐怖。ぼくにとっては、そのぐらいの大冒険でした。

そんなもうぼろぼろになりながらの、ある種自虐的な旅もちょうど半ばにさしかかった頃、夏期休暇に入った奥さんが（彼女はエアロビックダンスのインストラクターをしていました）、長野の諏訪《すわ》まで電車で会いに来てくれたんですね。まさしく「いま、会いにゆきます」です。

そこでぼくも心を決めました。先のことはどうなるか分からないけど、とにかくこのひとと生きていこう、彼女の勇気をぼくも見倣《みなら》おう、と。

離れるために出た旅で、逆にふたりはいっそう強く繫がれてしまった。

まあ、人生なんて、だいたいがそんなもんです。思いも寄らないことの繰り返し。だからこそ面白い。

数々の不調が、創作へと導く

なんとか病と折り合いを付けたぼくは（症状はあんまり変わらなかったんだけど、その対処のやり方を覚えた）、二十五になる前ぐらいに、車で通える距離にある、従業員が三人ほどの個人事務所に就職しました。このぐらい小さな人間関係なら、ぼくでもどうにかやっていける。ただ、数字を扱う仕事だったので、これはどうにもミスチョイスだったとあとから気付きました。

注意力と記憶力の欠如が、もろに悪い形で出てしまった。ふざけているとしか思えないようなミスを連発する。その日の仕事を忘れないように付箋にメモ書きして、こなしたらそれをどんどん捨てていくようにしてたんですが、それでも漏れたり飛ばしたりしてしまうことはよくありました。

電話を掛けるのがフォビア（恐怖症）に近いほど苦手で、それも苦痛でした。字が下手なことも問題だったし、ひとと脳の構造が違っているせいで、ぼくがよかれと思ってしたことが、むしろ一番やってはいけないことだったりと、とにかく問題行動の連発でした。このへんは学生時代と変わらない。

解雇せずに雇い続けてくれた事務所にはほんと感謝してます。

その一年ちょっとあとに奥さんと結婚して、ひと月と間を置かずに彼女が妊娠。なんか、もうほんと目まぐるしいほどの環境の変化で、適応能力の低いぼくにはそうとうな負荷が掛かっていたんじゃないかと思います。

十代後半から二十代前半までのエッジの利いた鋭い不安感や、どうにも拭いきれない強迫観念なんかが、じょじょに薄れていくのと入れ替えに、こんどは心身症の嵐が始まりました。

不整脈はほんとにひどかった。一日一千回とか、そんなのはざら。あとは胃腸障害ですね。毎朝、通勤の途中にお腹に差し込んできて公園のトイレに駆け込む。このときは、同時に突発性頻脈の発作を起こすことも多かったです。あれって、不思議なことにお腹の中のものを一気に下してしまうと、一緒に治まっちゃうんですよね。副交感神経とか迷走神経とか、そういったものが絡んでいるんだと思うけど。

あまりの胃痛に食事が取れないこともちょくちょくありました。一円玉ぐらいの大きさの口内炎が同時に幾つもできたり、ひどい吐き気に苦しめられたりと、まあほんとに次々といろんな苦痛が襲ってくる。

まるで手練《てだ》れの拷問《ごうもん》のようです。ひとつの苦痛に慣れると、また新しい拷問を考え出してくる。

いくつもの病院に行きましたが、いつだって問題はなし。胃カメラ飲んでも、お尻からカメラを突っ込んでみても、下される診断は「健康です。とっても綺麗《きれい》な粘膜ですね」

ですって。

そのうちだんだんと、自分が詐病《さびょう》癖のある患者にでもなったような気がしてきて、お医者さんに自分の症状を伝えるのが苦痛になり始めました。どうせまた信じてもらえないんだろうな、みたいに。

さらには日に何度か襲ってくる激しい悪心《おしん》（あとから気付いたんですが、これは低血糖症の症状でした）、そして帰宅時間にかならず襲われる酸欠状態にでも陥ったような息苦しさ。

あまりに病院巡りをしすぎて、診察券でカードマジックができそうなほどでした。

三十代に入ると、今度は原因不明の高熱です。これに何度も襲われるようになった。ぼくはもともと平熱が三七・五度ぐらいあるので（これも、いまだったらストレス性高体温症とでも診断されるんでしょうね）、熱が上がるときは一気に四十度を超えてしまう。水銀体温計の目盛りが振り切れる。四十二度とか？　もう、ひとが死んでしまうようなレベルです。救急車呼んだり、入退院を繰り返したり。

抗生物質を打たれるんだけど、基本的には脳の問題だから、そんなの効くはずもなく四十度前後の熱が一週間以上も続く。

彼女は、ほんと不安だっただろうと思います。子供はまだ幼く、先の展望はまったく見えない。というか、状況はどんどん悪くなっていくばかり。

芯の強い女性なので、「いざとなれば、わたしが働いてみんなを養おう」って思っていたそうですが、彼女のこういった肝っ玉母さん的な母性に、ぼくはいつも助けられていました。

彼女は「わたしは鬼のふんどしを洗う女房なの」とも言います。たとえ鬼にさらわれても、すぐにその状況に適応して、せっせと家事をこなしていく。

ぼくが女性崇拝者なのは、一番身近にいる女性が、彼女のような人間だったからなのかもしれません。


このときさっと、かなりの脳細胞が壊れたんだと思います。そして、新たなネットワークがつくり直された。

あとで詳しく書きますが、追想発作や、至高体験にも似た突発的な感情の亢進《こうしん》、幻視や幻聴、そういったものにこの頃から頻繁に襲われるようになった。「襲われる」って書くとネガティブに聞こえますが、ぼくはこれらのすべてを楽しんでいます。

とくに追想発作と感情の亢進は、まるでドラッグや嗜好《しこう》品のように、ぼくをうっとりとさせます（おそらくはプルーストも同じような気持ちで、コルク張りの部屋に引き籠《こ》もったんだと思います。外部刺激をとことん遮断していくと、これらの発作が起こりやすくなる。神経の逆流現象です）。

これで、すべては整いました。

なにがって？　小説を書くための準備です。

「強さは鈍さ、弱さは鋭さ」

ぼくは映画館の暗闇の中で一人考えていた。損なわれてしまった命について。叶うことの無かった想いについて。そして語るべき一人の女性の物語について。

「VOICE」

つねにぎりぎりの状態だったぼくは、彼女が妊娠したことで、さらに追い詰められます。ずっと両親の子供でいたぼくが、今度は子供の親になる。ものすごいシフト。適応能力の低いぼくは当然うろたえます。

子供への愛情が芽生え始めたのは、彼女のお腹が膨らみ出してからのことです。父性だか母性だか分からないけど、そのスイッチが、ある日突然カチリと入った。

それまでは、むしろ言いようのない悲しみに沈んでいた（と、書きながらいまふいに気付きました。これって、妊娠出産のリスクに対する行きすぎた不安が真の理由だったのかも。執筆から四半世紀が過ぎたいま頃になって、やっと気付いた。きっとそうだ！そうに違いない！）。

それを紛らわせるために、ぼくは小説を書きました。恋人の心の声が聞こえてしまう青年を主人公にした悲恋の物語。

書かずにはいられなかった。自己治癒のための執筆。

これが人生最初のちゃんとした小説でした。子供時代にSF小説の真似ごとをしたことはあったけど、原稿用紙百枚にもなるような、きちんとした物語を書いたのはこれが初めて。

妊娠でひとり家にいることが多くなった奥さんに読んでもらうため、っていろんなところで言ってきたけど（そして自分でもそう思っていたんだけど）、いま思えば、動機はもっと深い無意識のレベルにあった。抑圧された不安の解放とか、自由連想法とか、箱庭療法とか、きっとそれに近い（だって、小説のヒロインとその母親は、妊娠出産がもとで命を落としてしまうんですから。無意識のレベルで、ぼくはそうとうに怯《おび》えていたのかもしれません。妊婦の奥さんにこれを読ませるっていうのは、かなり間違ったことだと思うけど、あのときはまったく気付けなかった。信じられないでしょうけど、ほんとにそうなんです）。

センチメンタリズムやロマンチシズムは、悲しみによく効く薬なんですね。鈍感なひとには無用だけど、脳神経が極度に活性化していて、あまりに感じやすくなっている人間には必須ビタミンのように欠かせない。

感傷は、「いたむほどに感じる」って書きます。その感覚がなければ、真のセンチメンタリズムは分からない。

いつかTVのCMでビートたけしさんが「強さっていうのは、鈍さだと思う」のようなことを言ってたけど、ほんとそう思います（もちろん克己心の強さで恐怖心を克服する真の強さっていうのもありますが）。

その伝でいけば、弱さは鋭さと言うこともできる。思い切りとんがった、エッジの利いた弱さ。それが、小説を書け、とけしかける。


この小説を読んで彼女は涙を流しました（だから、妊婦さんにそんな思いをさせてはいけないんだってば！）。

それで気をよくしたぼくは、唐突に「よし、作家になろう！」って思い立ちます。この思慮のなさ、衝動性がぼくの欠点でもあり、人生を前に進めていく強力なエンジンでもあるわけです。

そして、昼間は働きながら、夜にコツコツと原稿を書く日々が始まります。

最初はミステリー作家になろうって思ってました。妻子持ちのぼくが作家になるっていうのは、家族を養うための仕事を得るってことですから、そこそこ売れなくちゃいけない。ＳＦ小説以外ほとんど読んでこなかったぼくでも、赤川次郎《あかがわじろう》さんや内田康夫《うちだやすお》さんといったミステリー界の売れっ子作家さんたちの名前は知ってましたから、やっぱり狙うのはそこだろうと。

ミステリーをぜんぜん知らなかったので、とりあえず当時デビューしたてだった東野《ひがしの》圭吾《けいご》さんや樋口有介《ひぐちゆうすけ》さんの小説を買って、それを教科書代わりにしながら新人賞に投稿していきました。

全部で四本書きました。三百枚、六百枚、百枚、百枚。この順で投稿していって、二作目からは選考に残るようになった。だいたい上位一割ぐらいには入るんだけど、入賞には届かない。この「あともうちょっと」がもどかしい。

そうやって三十代に突入し、その頃からぼくはさらに体調を大きく崩して、もはや執筆どころではなくなっていきます。高熱を出して入退院を繰り返していたのもこの頃。

そして、一九九七年が来て、ぼくは大きな転機を迎えます。

そう、ネットデビューです。

ついにプロ作家デビュー！　究極の「密室トリック」を考える

体調を崩して執筆は止まっていたんだけど、新作のためのプロットづくりだけはちょっとずつ続けていました。新本格ミステリー。究極の密室トリック（！）。

どうせやるならでっかくいこうと、読者がそうであろうと思っていた内容が、最後ですべて覆《くつがえ》されるっていう大仕掛けのトリックを考えてました。

主人公や登場人物たちの性別、時代（近未来だと思っていたら、実は昭和だった）、時間（昼夜の逆転）、場所（荒野につくられた地下壕《ごう》だと思っていたら、実は街中のビルディングの十階）。すべては、このビルに幽閉された少年たちが容易に逃げ出せないようにするための偽情報という設定でした（きっと、似たようなトリックはいっぱいあるんでしょうけど、当時はこれにえらく興奮したことを覚えてます。すごいアイデアだぞ。オレって天才⁉　みたいに）。

体調がよくなったら執筆に取り掛かろうと思って、ぼくは当時急速に普及し始めたパーソナルコンピューターを購入しました。ものすごく高かったけど、けっきょくこれがぼくの運命を変える女神となった。

さっそくインターネットに接続し、ぼくは自分のホームページ（ウェブサイト）をつくります。

新作を書くだけの余裕はないので、まずはバイクで日本一周したときの手記と、奥さんのために（そして実は自分のために）書いた悲恋小説を公開しました。

これが、のっけからかなりの評判を呼んで、当時としてはなかなかの数の来訪者が来てくれるようになった。

こうなると俄然《がぜん》面白くなって、また例の暴走が始まる。

新人賞に送ったミステリーを次々と公開し、それが尽きると、今度はオリジナルの恋愛小説を書き始めた（新本格ミステリーはどこへ？　なんかネットでは恋愛小説のほうが評判がよかったんですね。ぼく自身もともと、こっちに適性があったのかも）。

楽しかったです。まだネット界がいまのようにすれてしまう前で、掲示板で交わされる読者の方たちとの会話も穏やかで優しかった。

そして二〇〇〇年十一月、アルファポリス[*8]さんから「当社のサイトであなたの作品を公開しませんか?」というメールをいただきます。購入予約が百人集まったら紙の本として出版されるという、そんなコンテストのお誘いでした（いまは、当時とシステムが違っています）。

それがなかなか集まらなくて、アルファポリスさんには何度も期限の延長をしていただきました（社長さんに感謝！）。そして公開から十ヶ月後の二〇〇一年九月、ついに出版化決定！

読者の方たちの応援なしには、けっして辿り着けなかった。

従来のトップダウン型ではなく、ネット時代に突然現れたボトムアップ型の作家。読者が作家の生みの親。

やがてネットが動画時代に入ると、こんどは音楽系のひとたちが、同じような形でどんどんとプロデビューしていくようになる。

いま思えば、ぼくはそのはしりだった。

そんなぼくの作風が、それまでの作家さんと違っているのは、思えば当たり前のことだったんですね。

初めての著作を出版社に送る

――私は、たったひとりの人を好きになれば、それでいいの。

ねえ、人の一生なんて、ほんの束《つか》の間の夢のようなものよね。

たとえば蜻蛉《かげろう》のように。

彼らは、その短い夏の生のあいだに、

「Separation」

何度も恋を繰り返したりはしないわ。
ねえ、そうでしょ?

記念すべき一冊目の本の題名は『Separation』。

例の悲恋小説と、その後ネット上で公開していた、これまた悲しい別れの物語の二作が収録されていました。

のちに、この別れの物語が日本テレビで連続ドラマ化されることになるんですが(題名は『14ヶ月　妻が子供に還っていく』。主演は中村俊介《なかむらしゅんすけ》さんと高岡早紀《たかおかさき》さん)、本が出た直後はそんな未来の運命なんか知るはずもなく、ぼくは早くも二作目を出すための策を練り始めてました。

『Separation』が出版化決定されるまでの道程がほんとにしんどくて、同じ形で二冊目を出すのはとうてい無理だろうと感じていたから(ぼくはひとにお願いごとをするのがどうにも苦手なので、もうこれ以上購入予約の呼びかけをしたくなかった、というのが本音かもしれません)、ぼくはそれとは別の道を探っていました。

もちろん、新人賞への投稿も続けるつもりでした。大手出版社の賞を取って華々《はなばな》しくデビューするのとは違いますから、なにもしないでいたら、これ一冊で終わってしまう可能性が大きかった（と、ぼくは思い込んでいた）。必死でした。

実は、この数ヶ月後、ぼくは名のある出版社の女性編集者さんから「『Separation』を読みました」というメールをいただき、執筆の依頼を受けることになるんですね。

だから、なにをしなくても、もしかしたらその後もプロとして小説を発表し続けることはできたかもしれない（テレビドラマ化もきっと大きな後押しとなってくれたはず）。

でも、せっかちアンド多動児であるぼくは、自分で夢を掴《つか》み取る道を選びました。黙って待ってなんかいられない。


ぼくが思いついたのは自著を大手出版社に送るという戦略。

生の原稿ではなく、ちゃんと装丁され書店にも並んでいる本を送るのだから、向こうだってちょっとは興味を持ってくれるはず。そう思って。

で、一社目に選んだのが小学館さん。

実は、このちょっと前に小学館刊の[*9]嶽本野《たけもとの》ばらさんの『ツインズ』を買って読んでいたんですね。恋愛小説を出したんだから、日本の恋愛作家さんの作品も少しは読んどいたほうがいいだろう、と思って。ミステリーのときと同じ。お得意の泥縄です。一夜漬け癖は一生治らない。

『ツインズ』への感想も添えて、ぼくは『Separation』を小学館の編集部へ送りました。

けれど、いくら待ってもなんの反応もない。

まあ、そんなもんでしょ、と思ってました。世の中そんな甘くない。なんたって、一冊目の本が出るまでに十年以上かかったんですからね。それなりの覚悟と忍耐は必要です（けれど、真実はちょっと、いや、かなり違ってました）。

またも切れかかった縁が繋がる

『Separation』が出た直後、ぼくはこっそりと（といったって、誰もぼくの顔なんか知りやしない。堂々としてればよかったんですが）、自分の本を探して書店巡りをしました。

三十九歳になるまでずっと読者だったわけですから、そこに自分の本が並んでいるというのは、なんとも不思議な感覚です。わけもなく（いや、わけはあるか）胸がどきどきする。

一冊も置いてない書店さんのほうが多かったかもしれない。でも中には望外の扱いをして下さってる書店さんもあって、そうなるともう嬉しくて舞い上がるやら、どうにもいたたまれなくなるやら（なんででしょうね？　根っからのアウトサイダーだったので、こんなふうに厚遇されることに慣れていなかったのかも）。

まったく無名の新人の本であるにもかかわらず、平積みにして下さったり、店前のショーウインドゥに面陳《めんちん》（さいきん、この言葉覚えました。書店の店頭で表紙を見せながら陳列する売り方のことです）で置いて下さったり、あるいは、専用の丸テーブルを設けて、そこに山をつくって下さったり。

ありがたいことです。その後の『いま、会いにゆきます』の大ヒットも書店員さんたちの応援があったからこそ。ボトムアップ型の作家としては、これこそがきっと理想の形なんでしょうね。

この頃、うちの奥さんは青山学院のすぐ近くにあるフィットネスクラブでインストラクターをしていました。そのすぐ裏手が青山ブックセンターの本店。

ここでの仕事が最後となる日（このちょっとあとにクラブは閉鎖されてしまいます）、彼女はまず青山ブックセンターに寄って『Separation』を一冊購入しました。書店員さんに、この本よく売れるなあ、と思ってもらいたい一心の、いわばサクラ的営業活動。

レッスンを終え、帰ろうとすると、そこにはマシンジムでトレーニングしている武田《たけだ》鉄矢《てつや》さんの姿が。彼女は「ここで渡さなかったら、きっと後悔する！」と思い、勇気を出して声を掛けます。

「坂本さん！」

完全に間違えてます。武田さんは坂本龍馬《りょうま》を敬愛し、役を演じてもいるけど、自分で名乗ったりはしてない。本名と違う名で呼ぶならせめて、「金八《きんぱち》先生！」でしょ。

でも、武田さんはそれを正すでもなく、親切に応じて下さいました。

「これ、わたしの夫が書いた小説なんです。読んでみて下さい」と言って、彼女は『Separation』を差し出します。そしたら武田さんはそれを受け取り「ありがとう」と丁寧にお辞儀をして下さったそうです。

素敵な方ですよね。いつかお目にかかることができたら、きちんと謝らなくちゃと思ってます。あのときは、うちの奥さんが名前間違えてすみませんでした、って。そして、ありがとうございました、とお礼も言わなくちゃ。

というのも実は、このエピソードが、その後の展開の大きな鍵となっていくんですね。事実は小説よりも奇なり。なんでぼくの人生って、いつもこうなんだろう？

青山の件があったその翌日、仕事から帰ってきたぼくは、一通のメールを目にします。

「嶽本野ばら氏の担当です」

近所中に響くような叫び声を上げました。ほんとそんな感じ。人生でもっとも舞い上がった瞬間だったかも。意識が肉体の重力圏からあやうく離脱しそうになった。

本文を見ると、なんと編集者さんは『Separation』を読んですぐに速達で手紙を出してくれてたんですね。「本よかったです、一緒に仕事しましょう」みたいな内容だったそうです（十五年経ってもまだ届かない。ひとの運命を変えてしまうような、ディケンズ的配達事故です）。[*10]

あちらはあちらで、こちらからの返事がないから、もう諦めかけていたそうです。

諦める⁉ そしたら、『いま、会いにゆきます』はなく、あの映画も生まれなかった。

このあたりの難産な感じは、ぼく自身の出生と不思議なぐらい重なってる。

あるいは奥さんとの関係とも。みんな諦めないでいてくれて、ほんとよかった。

編集者さんは、ぼくがバリバリのインディーズ魂を持っていて、メジャーを敵視してるんじゃないかって、そんなふうに思ってたみたいです。


そして、さらに明かされる真実。

ぼくは「坂本さん！」の一件がとても面白かったので、その話を自分のウェブサイトに載せたんですが、なんと編集者さんも、そのちょっと前に手掛けた本で、武田鉄矢さんからコメントをもらったばかりだった（！）。

たまたま掲示板を読んで、そこに金八先生の名前を目にした編集者さんは「これもなにかの縁と思い、最後にもう一度だけメールを差し上げよう」と思ったそうです。

なんて偶然。高校のときサイン帳に挟んで渡したシャープペンシルのように、今回もまた、自分ではそうと知らずに、切れかかった縁をふたたび繋いでいた……。

これって、天の上の某作家さんが書いた小説なんじゃないの？　って、ついそう思っちゃいますよね。まったく。

ついに世界からも注目される作家に

ここからは、もう怒濤《どとう》の日々。幸運の女神が列をなして順番待ちしている、みたいな感じです。できの悪い事務員だったぼくに、ふつうに人生送っていたら一生に一度あるかないか（いや、一度もない確率のほうがやっぱり高いかも）の超弩級《どきゅう》大当たりが、ばんばん舞い込んでくる。人生のジャックポットです。

『Separation』の発刊から一年二ヶ月後の二〇〇三年三月に、『いま、会いにゆきます』発刊。さらにその三ヶ月後に『恋愛寫眞《しゃしん》――もうひとつの物語』が出て、そのひと月後には『14ヶ月　妻が子供に還っていく』が放映開始。

まだぼくは働いてましたから、気分的にはまったくの一般人です。なのに、次々ときらびやかなひとたちに引きあわされ、なん百枚って名刺をもらい、俳優さんや女優さんたちと一緒にインタビューを受け、奥さんとふたりでTVカメラの前でしゃべったりする。

出版社からも次々と「お目に掛かりたい」って連絡をいただくようになり、最終的には十五社ぐらいの編集者さんとお会いしたように思います。

この一年後に映画『いま、会いにゆきます』が公開され、ご存じのように大ヒット。それに引っ張られるようにして本もついにはミリオンセラーに。

その翌年にはTBSで連続ドラマ化され、さらにはハリウッドからリメイクのオファーが舞い込んでくる!

まだまだ続きます。

二〇〇六年には『恋愛寫眞――もうひとつの物語』を原作とした『ただ、君を愛してる』が映画公開。二〇〇七年、ぼくの四作目『そのときは彼によろしく』が同じく映画化され公開。

この頃から、徐々に海外でぼくの本が翻訳出版されていくようになり、年によっては、国内より海外からの印税のほうが多くなることも。

ヨーロッパでの翻訳が決まったときは、プロモーションツアーに来てほしいとオファーをいただきました。さらには、『いま、会いにゆきます』のフランス語版がヒットしてペーパーバックが出ることになったときも、向こうの出版社さんからプロモーションツアーの招聘《しょうへい》が(飛行機に乗れないぼくは、いずれも断りましたが、小説を書く人間として、これほど嬉しい申し出はありません。なんか、格好いいじゃないですか。ヨーロッパ各国を巡りながらインタビューやサインに応じるだなんて、まるでポップスターみたいで。翻訳小説を読んで育ったぼくにとっては、究極の夢のような話です。なんとかパニック障害を克服して、実現させたいと思ってます）。

フランスで『いま、会いにゆきます』が出たときは、『ル・モンド』とか『マリ・クレール』とか『エル』とか、そうそうたる老舗《しにせ》メディアが、大きくそのことを取り上げてくれました。

そういった情報っていうのは、作者自身にはぜんぜん入ってこなくて、ぼくはまったく知らなかったんだけど、最近、日本に来ているフランスの女の子に「向こうでぼくはどうなんでしょう?」って訊いたら、いろんな雑誌とかに取り上げられて、とっても有名よ、って答えが返ってきました。

うわぁい！　もう、舞い上がっちゃいますよね。

二〇一五年の春には、イタリアのAmazonで、『いま、会いにゆきます』が数ヶ月にわたって小説部門ランキング１００位以内をキープするベストセラーになったし、ベトナムでも本の通販サイトで『いま、会いにゆきます』が三年連続ベスト25にランクインしています。

おそるべし、『いまあい』。

全世界の仲間にようやく繋がれた

さて、かなりの急ぎ足で、これまでの半生を振り返ってきましたが、ここまで読まれたみなさんは、もうお分かりですね。

ぼく自身はちっとも変わっていない。障害を克服したわけでも、無理して人格を矯正したわけでもない。生まれたときから、ぼくはずっとぼくだった（当たり前ですが）。作家になるために大学の文学部に入って勉強したわけでもないし（っていうか、それは無理）、文豪たちの小説を読んで、それをお手本に習作を重ねたわけでもない。

生きてきた道のり、いつも思っていたこと、それを自分の言葉で、ふだんしゃべってるように書いたら、なんだかとてつもない、それこそ夢のような夢に手が届いてしまった。

ぼくが言いたいのは、こういうことです。

生まれたときからずっと、ぼくは同じ一組のカードを握りしめて生きてきた。

そのカード、組み合わせは、だいたいにおいては「クズ」で「役に立たない」と見なされ、まわりからは「早くそんなカード捨てて、新しいカードと交換しなさい」とせっつかれてきた。でも、ぼくはそれをかたくなに拒んで手放さなかった。

そして新しいゲームが始まってみたら、なんと持っていたのはすべてエースカードだったという衝撃の事実！　カードの価値が一八〇度転換した瞬間です。

ひとと違っていることを「間違ってる」と言われ続けたら、たいていのひとは「ああ、そうなんだ。自分は間違った駄目な人間なんだ」って思ってしまうはず。でも、それはちっとも真実なんかじゃなくて、ほんとは多様性こそが大切なんだって、そんなふうに思っているひとたちがたくさんいる。

独善ではなく、相対的に世界を見ることができるひとたちです。

ながい、ながい時間をかけて、ようやくぼくはそんなひとたちと繋がることができた。

全世界に広がっているぼくの仲間たち。諦めないでよかった。

『いま、会いにゆきます』こそが、実はぼくにとっての「サイン帳に挟んで渡したシャープペンシル」だったんですね。

注釈

＊1　突発性頻脈　突然脈拍数が速くなり動悸を感じる不整脈の一種。発作性上室性頻拍。

＊2　パニック発作　突然起こる激しい動悸や発汗、頻脈、ふるえ、息苦しさ、胸部の不快感、めまいといった体の異常と共に、「このままでは死んでしまう」といった強い不安感に襲われる発作のこと。繰り返しパニック発作を起こすと「パニック障害」と診断される。

＊3　本多勝一（一九三二〜）ジャーナリスト。朝日新聞記者を経てフリーに。著書に「貧困なる精神」シリーズ（朝日文庫）など多数。

＊4　加速スイッチ　石ノ森章太郎原作のコミック・アニメ『サイボーグ009』に登場する仮想の装置。主人公の島村ジョー（009）の奥歯には加速装置が装着されており、それを噛みしめることでスイッチが入り、本人のすべての運動速度が加速する。

＊5　ひも理論　物理学において、粒子を○次元の点ではなく一次元のひも（弦）として扱う理論のこと。弦理論、ストリング理論とも呼ばれる。

＊6　自由連想法　精神分析の創始者フロイトが提唱した心理療法の一種。ある言葉（刺激語）を与えられたときに、心に浮かぶままに自由に連想語を発していく発想法。刺激語と連想語の関連を分析し、潜在意識を顕在化することによって心理的抑圧を解明する。

＊7　箱庭療法　心理療法の一種。セラピストが見守る中、クライエントが自発的に、砂の入った箱の中にミニチュア玩具を置き、また砂自体を使って、自由に何かを表現したり、遊ぶことを通して深層心理を探るのが目的。元来は子供向けに考案されたが、今は神経症、心身症、パーソナリティ障害まで幅広く用いられている。

＊8　アルファポリス　二〇〇〇年に博報堂出身の梶本雄介氏が設立した出版社。同社のウェブサイト上に投稿された小説・コミックなどのコンテンツから書籍化するビジネスモデルで知られる。

＊9　嶽本野ばら　（一九六八〜）作家。著書に『下妻物語』『ロリヰタ。』など多数。

＊10　ディケンズ　チャールズ・ディケンズ（一八一二〜一八七〇）。英国ヴィクトリア朝時代の作家。作風の特徴として「よくできた偶然」が物語を動かすことが指摘される。著作に『クリスマス・キャロル』『二都物語』『大いなる遺産』など。

第二章　「偏り」こそがぼくの個性

ぼくは「人間の原型」である

じゃあ、そんな「間違っている」と言われ続けてきたぼくは、どんなふうにひとと違っているのか。それを思いつくままに書いていこうと思います。

一九九三年に出たドナ・ウィリアムズ[*11]の『自閉症だったわたしへ』（新潮社）を読んだとき、「あっ、このひとぼくに似ている」と思ったのが、自分が何者なのかぼんやりとではあるけれど知り始めた最初だったように思います。ぼくは彼女ほど大変な思いはしていないけど、いろんな記述にうなずけるところがあって、なんか、目の前がさあっと開けたような感覚がありました。

なるほど、そうだったのか！　って（とくに日に何度も襲ってくる悪心《おしん》が、実は低血糖症であったことが分かったのは大きかった。ドナやぼくのような人間は、糖代謝にちょっと問題があるらしくて、かなり厳密にコントロールしないと、すぐに調子悪くなるんですね）。

それ以降、彼女の著書が翻訳されるたびに買って読んでいたんですが、そうこうしているうちにぼく自身が本を出すようになり、あるとき週刊誌『女性自身』の著者インタビューを受けることになって、ぺらぺらといつもの調子でしゃべりまくっていたら、教育ジャーナリストで発達障害の本を出している品川裕香《しながわゆか》[*12]さんから「あなた、アスペルガー[*13]のひとが使うワードをさっきから頻発しているから、ちょっと調べてもらってみたら？」と勧められて、それが第二の転機となりました。ちなみに、そのワードとは「時間、記憶、夢」です。まさに、ぼくの核となる概念。

すぐに勧められたメンタルクリニックを受診しました。

いくつかの問診があり、そのあとで先生は「典型的なアスペルガーの症状を示しているけど、市川さんはこんなふうに社会的にも成功しているから、とくに診断書を書いたりはしませんよ」と言いました。ぼくも、自分が何者なのか知りたかっただけなので、それで充分です。それよりも欲しいのは情報。だから、かなりしつこく訊ねたように思います。

けっこういろんな本を読むと、ぼくらのようなタイプは頑固で、非協調的で、空気を読まない（読めない）といった記述が多いんだけど、ぼくはものすごく協調的で、とことん空気を読みながら、気を遣って生きてきたんですが、そういうことってあるんですか？（いや、ほんとにそうなんです。そうは見えないかもしれないけど、実は自分ではそう思っています）

ります。市川さんは生まれながらの民主主義者タイプ。とことん協調的で気を遣う。そういうグループもあります。

なぜ、空気を読めるの？

一般のひとが無意識に行っている行為を、市川さんは脳の中で猛烈に演算しながら模倣しているのです（言葉は違っていたかもしれないけど、まあそんなことだったように思います）。

ああ、だからいつもこんなに脳が熱いんだ！　コンピューターの熱ダレと一緒（ぼくは口の中で測ると、夏場は体温が三十八度を超えてくる）。

なるほどねえ、納得。すごくためになった。

あと、こういったグループはアーティストに多いんだとか（とくにビジュアルを扱う分野）、民主主義タイプとは別に、進んで議論を好むタイプもいるんだとか、いろいろと教えていただきました。

この少しあとに、日本ＬＤ学会[*14]の上野《うえの》一彦《かずひこ》[*15]先生が、ぼくのエッセイ『きみはぼくの』を読んで連絡を下さるんだけど、先生は「市川さんは、ＡＤＨＤ[*16]（注意欠陥・多動性障害）とアスペルガーの混合タイプで、ややＡＤＨＤが強めなんじゃないかな」っておっしゃってました。

上野先生とはいまも親しくお付き合いさせていただいてます。ぼくの兄貴分みたいなひと（上野先生も猛烈な多弁です！）。「市川さんは文字の書き障害もあるよね」って言われたこともある。たしかに、ぼくの字の拙《つたな》さは、ちょっと度を越えているので。

対談で香山《かやま》リカさんとお会いしたときは、「市川さんは側頭葉《そくとうよう》[*17]タイプですね」って言われました。「モーツァルトも、そのタイプなんですよ」って。あ、なんかわかる。あの、落ち着きのない感じ。彼も多動児だった？

いろんな分野の専門家の方たちから、いろんな見立てをいただいたけど、そのどれもが、そうそう、そうなんです！　ってことばかり。でも、完全に一致するってことはまずない。それこそが多様性なんでしょう。ひとはみんな違ってる。そうでなきゃ、人類はとっくに滅んでるはずですから。

そこでぼくは、ぼく自身を自分で定義することにしました。

「市川拓司は人間の原型である」、と。

じゃあ、原型とは、いったいどういう意味なのか？

自分は猿なんじゃなかろうか？

いろんな呼び方があるし、その症状も様々だけど、おおむねどの医学書を読んでも、ぼくのような人間は前頭葉《ぜんとうよう》[*18]の発達に問題がある、と書かれている。血流の低下、神経活動の低下、前頭葉の容量そのものが一般のひとよりも小さいという記述を目にしたこともあります。

まあ、実際そうなんでしょう。それゆえ、ぼくはブレーキが利かなくなってる。

でも、これを障害と考えずに、個性と見なしたらどうなんだろう？　圧倒的マイノリティーであるがゆえに、現代社会の枠組みの中では適応障害を起こしているけど、別の時代、別の場所だったら、これがむしろ生き延びていくための長所になるんじゃ？

そう思い始めたら、もう止まらない。

ここから先は、ぼくの作家的妄想と思って読んで下さい。飛躍が身上の作家であるゆえ妄想はどんどん膨らんでいきますが、ぼく自身はけっこうこれが真実かも、って本気で思ってます。

なによりも自分自身のことですから、直感が「そのとおり！」って告げている。ぼくはデータベース的な能力はニワトリ並みにしかないんだけど、直感にはかなりの自信があります。他のひとのことまでは分からないけど、少なくともぼくという人間に関してはきっとこうなんだ！　って原始の洞察が声高に叫んでる。

ぼくはずっと昔から、自分は猿なんじゃなかろうか？　って思ってました（いきなりの飛躍ですいません）。なんか、そう思えて仕方ない。きっと、高いところに登ったり、そこから飛び降りたりすることが三度の飯よりも好きだったから、そう思うようになったのかも。

いまでも木登りが大好きです。散歩してて道端に手頃な木（および、それに似た構築物）が生えていると、つい登ってしまう。あちこちに木登り用の木をキープしているんだけど、それは他の散歩者からはあまり目に付かないところにあります（ぼくだって、ちゃんと人目は気にしてます）。

そこから、夕焼けを眺めるのはなんともいい気分。すごく落ち着くんですね。シュアな感覚。ここここそが自分の場所だって。子供の頃は、いつも押し入れの上の段に籠もってました。あれとおんなじ。

夢もよく見ます。子供の頃から五十を過ぎた現在まで、ほんとによく空を飛ぶ夢を見る（ひとに「空を飛ぶ夢を見ますか」って訊くと、脳の活性度が高そうなひとほど、

「頻繁に見ます」って答えが返ってくる。ちょっと活性のレベルが下がってくると、「地上2mぐらいを、なんとか頑張ってノロノロと飛ぶことはある」みたいな答え。すごく面白いです)。風に乗って、大空を自由に滑空する。ウルトラマン的な飛翔ではなく、物理法則に則《のっと》った、もっとリアルな感覚です。風を使う。それが原則。

それと、四足で走る夢。これがまた気持ちいい。重力を振り切り、壁だろうが天井だろうが、どこにだって登っていける。ひと蹴り10mの跳躍。とてつもない快感です。遠吠えすることもよくある。

夢というのは抑圧からの解放ですから、古い脳に刻まれた身体記憶が蘇ってくるのかも、って考える。枝のたわみを使って、木から木へと飛翔するあの感覚！

あまりにそんなだから、ひとりの青年が猿に還っていく小説を書こうかと思うくらい。彼のことが好きだった女の子の視点で描かれる。

狭量で攻撃的なこの社会に嫌気が差し、ひどく厭世的になっていた青年が、彼女が住む森の中の一軒家に転がり込んでくる。一緒に暮らすうちに、彼はだんだんと幼児返りするみたいに退行現象を起こしていって、やがては風貌や体型までもが猿のように変貌していく——って話。いわゆる変身譚《たん》。

夢と同じように、小説を書くってことも抑圧された感情の解放なら、これもまた古い脳が見せる、ぼくの真の姿なのかも、って思います。
まあ、猿っていうのが後戻りしすぎなら、もうちょっと手前の原始のマン、人間の原型こそが自分だと。一度そう考えると、どれもこれも思い当たることばかり。

近代都市社会に放り込まれたララムリ

『BORN TO RUN 走るために生まれた』（クリストファー・マクドゥーガル著、近藤隆文訳・日本放送出版協会）って本の中に人類最強の「走る民族」、メキシコ北西部の先住民族ララムリ（タラウマラ族）の話が出てくるんですが、これがとっても興味深い。ぼくは一読して、これは自分だ！　って思ってしまった。

謎めいた峡谷の秘境にこもるこの小民族は、人間の知るあらゆる問題を解決したといってよかった。（中略）彼らは糖尿病にもうつ病にもならなければ、老いることさえなく、五五歳でも一〇代の若者より速く走り、八〇歳のひいおじいさんがマラソン並みの距離を歩いて山腹を登ってみせる。（中略）たぶん、タラウマラ族が勤勉で、人間離れした正直さをもっているからだろう。ある研究者にいたっては、タラウマラ族は何世代にもわたって誠実だったために、その脳は化学的にいって嘘をつけなくなっていると推測しているほどだ。

タラウマラ族はそんなふうに一晩中パーティをしたあと、翌朝にはむくむくと起きだしてレースをはじめる。それは二マイルでも二時間でもなく、まる二日にわたってつづけられるものだ。メキシコの歴史家、フランシスコ・アルマダによれば、タラウマラ族のあるチャンピオンは四三五マイル（約七〇〇キロ）を走ったことがあるという。

ただし、スパルタ人とは異なり、タラウマラ族は菩薩《ぼさつ》のごとく慈悲深い。その超人的な力を使って乱暴をはたらくのではなく、平和に暮らしている。

カール・ルムホルツが、タラウマラ族の男たちはひどく内気なので、ビールがなくなったら絶滅するだろうと書いていたが（中略）――タラウマラ族の男性は自家製ビールで内気さをまぎらわさないかぎり、自分の妻とロマンチックな関係を築く勇気すら奮い起こせない。

――人類の歴史の始祖にして形成者である素晴らしい原始的な部族――

度外れた多動（ぼくでもかなわない。七〇〇キロって……）、人間離れした正直さ、徹底した平和主義、とてつもなく内気、そして、人類の始祖！　すべてのキーワードがここに入ってる。

ぼくはずっと自分を猿ないしは人間の原型だって言い続けてきたけど、その仮説とも言えないような妄想をララムリたちの存在が実証してくれたような気がしました。

彼らはもちろん障害者ではありません（それどころか人類最強と呼ばれている）。けれど、もし彼らが文明社会で暮らすことを強いられ、一日中机に縛り付けられて、朝から晩までコンピューターの画面を眺めながら数字の計算をするように言われたら、きっと健康じゃいられなくなりますよね。

欲求不満がたまって心身症を起こすかも。あまりにもバカ正直で裏が読めない彼らは、狡猾《こうかつ》な都会人たちのいい餌食《えじき》になってしまうかもしれない。とことん内気なために、この過密な都市社会においては「コミュニケーション能力に問題あり」と見なされるかも。あまりにも違っているため「お前は駄目なんだ」と言われて、まわりからつまはじきにされちゃうかも。

つまりはそういうことです。

なんだ、ぼくは近代都市社会にいきなり放り込まれたララムリだったんだ（って思うことにする)。

「テナガザルの原型」グループ

自分は猿だと言い出した頃、でも「チンパンジー」とはちょっと違うよなぁ、と感じて(体温はほぼ一緒なんですけどね。三七・五度)、そこからまた、作家的飛躍でもって、こんな想像(妄想)をしてみました。

猿は猿でも、ぼくはテナガザル。

とりあえず、ひとを四つの類人猿に当てはめてみる。いわゆる生殖における戦略です。これもまた多様性。どの時代にもいろんなタイプがいたはず。実際のサルが厳密にこのようであるっていうんじゃなく、タイプ分けのためのネーミングですね。

チンパンジーはボスがいて、階級があって、乱婚的。なんか一番いまのこの社会に近いような。権力者がいて、ヒエラルキーがあり、性的に乱れている。離婚率がどんどん上昇しているし、多くのひとたちが当たり前のように浮気をしている。

ゴリラは一夫多妻制。ハーレム。力の強いオスが、たくさんのメスを獲得する。こういった制度を持つ国もありますよね。あるいは、制度じゃないけど、同時にたくさんの女のひとと付き合ってるドン・ファン的な男性とか。また、そんな男性に惹かれてしまう女性とか。

オランウータンタイプは孤独癖のある厭世家。あまりひとと交わろうとせず、森の奥に引き籠もってる（比喩的にですが）。結婚しても、もともとあまり向いてないので、けっきょくはまたひとりに戻ってしまうことも。当然一生結婚しないこともある。実は、ホームレスと呼ばれているひとたちの中に、このオランウータンタイプがかなりいるんじゃないか、とぼくは思ってます。社会から落ちこぼれたのではなく、根っからの厭世家。

そして、テナガザル。彼らは、夫婦と子供二匹を一単位として暮らしていて、巣離れした子供が異性を探すとき以外は、ずっと自分たちのテリトリーの中で暮らしている。他の家族と交わることはほとんどなく、誰かがテリトリーに侵入してくると「長い歌」を唄って警告し、両者は出会うことのないまま問題は解決される——とまあ、こんな感じ。

似てるなあ、と思いました。まるで自分だ。ぼくは小学校の頃、授業中手を挙げると誰よりも高かったので、「テナガザル」と呼ばれていました。ほんと手が長いんです（まあ、座高も高かったけど）。ララムリに出会うまでは、ずっとこのテナガザルこそが自分だって言い張るのがぼくのブームでした。

「人間」て一口に言うけど、その中にもいろんな戦略を掲げているグループがあって、何万年ってあいだに、それぞれがそれぞれの戦略に適したような肉体と心を獲得していった——そう考えれば、みんなが一緒でなくて当たり前って思えるようになる。平等の意味が変わってくる。均質であること（そのように啓蒙すること）が平等なのではなく、違うことを認め尊重することこそが平等なんだって。

間違っているのではなく、メインのグループとは戦略が違っているだけ。ぼくはテナガザルグループで、しかもその原型に近いタイプ。最新型にアップデートされたチンパンジータイプが多い社会では適応不全を起こすけど、中米の秘境に行けば、ぼくの仲間がひっそりと暮らしている。

知覚者モードとは

この原型、先祖返りっていうのは、例の「バビル2世」[*19]説で説明できそう。散り散りになったご先祖様（宇宙人）の遺伝子が五千年の時を経てふたたびひとりの少年に集約され世界を救うヒーローとなる、というような設定だったと思います。

元祖テナガザルタイプが他のタイプと交雑を繰り返すことで、遺伝子は拡散していくんだけど、現代でもたまに、その遺伝子が再集結してひとりの身体の中に収まることがある。それがぼくだと。

ウォール・ストリート・ジャーナルの記事にこんな文章がありました(By STEPHEN M. KOSSLYN and G. WAYNE MILLER とクレジットされてます)。

脳の機能を理解するさらに優れた方法がある。それは脳を上部と下部とに分けて考える方法だ。私たちはこれを「認知様式理論」[*20]と呼んでいる。

脳の上部は頭頂葉全体と前頭葉の上の部分で構成されている。下部は残りの前頭葉と後頭葉、側頭葉で構成されている。

知覚者モード[*21]は下部システムだけが高度に使われた場合に生じる。ダライ・ラマ[*22]やエミリー・ディキンソン[*23]を思い出してほしい。習慣的に知覚者モードに頼っている人は自分が知覚していることを深く解明しようとする。自分の経験を解釈し、それを前後関係の中でとらえ、経験したことの意味を理解しようとする。

しかし、知覚者モードの人は壮大な計画を立てたり実行したりするようなことはしない。そもそも、自然主義者や牧師、小説家などの知覚者モードの人は大抵、スポットライトが当たらないところで生きている。

ぼくは前述のとおり側頭葉タイプだと指摘されているし、どう考えても「知覚者モードの人」です。小説家ってちゃんと書いてあるし、生活はまるでお坊さんのようでもある。自らを律してそうなったんじゃなく、自分の快楽を追求していったら、まるで聖職者みたいになってしまった。そして、ぼくは森や星や清明な水の流れが好きだっていう意味で、ばりばりの自然主義者です。

ぼくはテナガザルタイプの原型であり、知覚者モードで生きている、と。だんだん、妄想的仮説に肉付けがされてきました。

胚葉学[*24]と典型的「外胚葉タイプ」

胚葉学っていうのがあって、それによると、ひとは外胚葉タイプ、中胚葉タイプ、内胚葉タイプに分けられるらしく、ぼくは外胚葉タイプ。

外見的には痩せてて背が高く（ぼくは176・5㎝で、体重は40kg台）、手足が長くて頭が小さい。骨から細いタイプ。身体の末端がよく発達していて指が細長く（爪もそう）、耳が大きかったりする。鷲鼻《わしばな》だったり、ぼくのように顎《あご》がしゃくれている場合も。

外胚葉っていうのは皮膚や髪の毛、神経、眼球、脳になるんですね。それが発達している。過敏になっているとも言える。

栄養の吸収に問題を抱えていて、そのために太れないし脂肪もつきにくい。低血糖症に陥りやすく、甲状腺機能が活性化していて代謝機能が高い。神経が過敏であるために、自律神経失調症、神経症に陥りやすい。

内面的には、感受性が豊かで自分の世界を大切にする。他人の目を気にしない（あるいはプライドが高くてひどく気にする）。孤高。超然としている。緊張。心配性。控えめ。強い自意識。内省的。思いやりが深い。ぎこちない。内向的。用心深い。如才ない。引っ込み思案。穏やか。

ちなみに、内胚葉型はぽっちゃりさん。温和なのんびり屋。

中胚葉型は筋肉質、闘士タイプ。頑固。エネルギッシュ。

これも例によって誰もが混合型で、それぞれの濃度で人格や体型が決まっていく。

でも、ぼくは他の要素があまりない典型的外胚葉タイプ（あえて言えば、中胚葉のエネルギッシュが当てはまる？）。

この外見って、ちょっとテナガザルっぽくありません？　闘争を繰り返す生活には向いてない体型ですよね。ある意味、その内面に相応《ふさわ》しい体型だとも言える。

できるかぎり他者とコミットしたくない

さあ、だいたい出そろいましたね。「障害」で括《くく》るのではなく、別の観点からぼくの個性を考えてみる。

どれも、ぼくがあまりに極端であるために、この社会には適応し切れてないけど、もうちょっと穏やかな偏りであれば「○○タイプ」と普通に呼ばれることになる。これらのグループの一番端っこだか天辺《てっぺん》だかにぼくはいる。そう考える。

じゃあ、ここからは、その「偏り」がなぜ生じるのか、個々にそれを検証してってみましょうか（といっても引き続き、作家チックなファンタジー的考察ですが）。

まずは、自分はテナガザルタイプの原型であると考える。

どのくらい古いバージョンなんでしょう？　よく分かんないけど、少なくとも農耕前、下手したらひとがまだサバンナに出てくる前とか、そのぐらい古いかもしれない。その頃の脳で生きている。

ぼくはその時代の環境に適応し、しっかりと子孫を残していくようにできている、と。相手にする人間の数はすごく少なかったはず。種全体の数がいまよりずっと少なかったし、その中でもさらに孤立するタイプ。自分が属するグループではなく、家族を優先するマイホーム主義原始人。

だとすれば、相手にするのは、ひとりかふたり、多くて三人。そんなもんでしょう。これぐらいの人間関係でうまく機能する脳。

ぼくはこれをよく「強い核力」になぞらえるんですね。クォーク同士を結び付けて陽子や中性子をつくり、さらにはそれらをくっつけて原子核をつくる力。小さな距離では強烈な引力を発揮するんだけど、そこからちょっと離れると、あっというまに減衰して結び付ける力が弱くなってしまう。

有効距離が夫婦間、家族間が精一杯の引力。いわば愛の膠着子《こうちゃくし》（文系人間のてきとうなネーミングですが）。

そんな環境に見合った脳だとすれば、ぼくが社会性に欠けるのは当然のこと。そもそも社会って概念がこの脳にはほとんどないんだから。きっと家族相手の付き合い方の応用で、なんとかやってるんでしょうね。でも、やっぱりそれにも限界がある。

他者との軋轢《あつれき》に対する耐性がないもんだから、基本的にはひとから離れていようとする。友人なんかも会えば会ったで楽しくて、大はしゃぎするんだけど、自分から積極的に声を掛けてまで会おうとはしない。

それにいっぺんに三人以上とかで会うと、会話が混乱してよく聞き取れなくなってしまう（ぼくは聴覚は正常なんだけど、この聞き取りの能力が異様に低い。家で奥さんと会話しているときでさえ、かなりの部分を聞き逃している。あるいは聞き間違えている。これって脳のどんな機能に問題があるんでしょうね？）。

それがもし居酒屋みたいなところだったら、それこそ話にならなくて、すべてが雑音と化していく。

だからひとと会うときは、相手がふたりぐらいで、しんっ、と静まり返った場所がベスト。

奥さんから言わせると、大勢のひとが集まる場所に行くと、ぼくはなんか変なスイッチが入って異様なモードになるらしい。脳を極限まで高速回転させて、なんとか場を乗り切ろうとしているみたい。本人は気付いていないんだけど。声があり得ないぐらい大きくなって、まわりがまったく目に入らなくなる。よく、酔っ払ってるんですか？　って訊かれます。そう見えるらしい。

ぼくはチャンピオンクラスの多弁のくせして、道に迷っても誰かに訊くということができません。ショップでも店員さんに声を掛けられないし飲食店でもそれは同じ。電話も掛けられません（ゴミの出し方を市役所に訊くのに、夫婦で猛烈に押しつけあった挙げ句、どちらも電話できなくて、ぼくの父親に頼んだこともありました。奥さんも同類）。メールもほとんどしません。返事を書くのは月に数件とかそれぐらい。

話しかけられるほうが、ずいぶんとましです。ただ、じっと目を見られると耐えられなくなる（あと距離も大事。腕とかに触れられると、びくっとして一歩引いてしまう。夫婦で散歩をしているときでさえ、奥さんが手を繋《つな》いでくると、ぼくはカチカチになってしまうので、「気の毒だからやめる」って彼女は手を解いてしまいます）。

思うに、自分の言動が他者になんらかのアクションを起こさせてしまうことに強烈な負の感覚が生じるらしい。できるかぎりコミットしたくない。

勤めていたときも、十五年間ほぼ毎日、どこにも寄らずまっすぐ家に帰ってました。家に帰りたくてしょうがない。奥さんの顔を見るとホッとする。うっかり自分のテリトリーの外に出てしまったテナガザルのパパさんの心境です。

家族が人間関係の最大数で、脳にそれ以上の容量がないのなら、ひとの名前や顔を覚えられないのは当たり前。極端な話、メモリーが三人分しかないんだから。実際には、もっと覚えているけど、それはきっと普通のひとが他者を覚えるのとは違うやり方をしているんだと思います。

「誰かと誰かが似ている」っていうのも、ぼくは他のひとたちといつも意見が分かれる。たとえば、顎がしゃくれているとか、髪が丸まっているとか、そこが一緒だとぼくは「このふたりは似ている」って思うんだけど、みんなは、ぱっと見の印象で判断するらしく「ぜんぜん違うよ」とか言われる。ぼくが「でもほら、顎が一緒だよ」と指摘すると、「ああ、そういえばそうね」みたいになる。見ているところが違う。

ぼくはつい細部を見てしまうので、髪型や掛けている眼鏡が変わるだけで、もう誰だか分からなくなる。自分自身でさえ、一気に十数キロ体重が減ったときは、鏡を見ていて、ものすごい違和感があった。脳がなかなか鏡像を自分と認識してくれない。ちょっと不気味な感覚でした。

世間のヒエラルキーからは完全に自由

脳が家族以外の人間をうまくハンドルできないとなると、他者性、社会性がないってふうに見なされてしまう。

まあ、実際そうなんですが。でも、これって便利な面もある。

ぼくはヒエラルキーから完全に自由です。虚栄心がない。プライドもない。社会性のない人間からすると、この両者の区別はひどく曖昧です。

「男としてのプライド」って言われてもなあ……。

「部外者」のぼくの目からは、まわりのひとたちは、どこか架空の点取り合戦をしているようにしか見えない。

それは「格付け」の点数なんですね。様々な場面で小さな点の取り合いがあり、そこで優劣が付けられる。この優劣に敏感なひとがほんとに多い。

たとえば車に乗っていて、狭い道で相対したとき、先に道を譲ったほうが一点失い、譲られたほうが一点獲得する（ぼくはどんどん譲るんだけど、不気味なことにここ数年、譲られても、それが信じられずになかなかアクションを起こさないひとが増えてきた。お礼をしない、なんていうのはもうずいぶん前からのことですが）。

失う時間はほんの数秒。だとすれば、彼らが（それを意識するにせよ、しないにせよ）こだわっているのは、この「格付け」なんだってことになる。森の道で格上の猿に会ったとき格下は道を譲る。この本能がいまも生きている。

お礼を言う、謝る、なんていうのもそうです。ぼくはバンバン謝ります。道歩いてて、あきらかに向こうからぶつかってきても、ぼくはすぐに「あ、すいません」って言ってしまう。格付けのポイントをばらまきながら歩いてる。

これが様式化されたのが、チンピラ系のひとたちの「肩がぶつかった」だの「目が合った」だのっていう、あれですよね。分かりやすい。

こういった下世話な点の取り合いもあれば、もっと「高尚」な点の取り合いもある。イデオロギーとか、学究的な論争とか。自分の論理で相手を打ち負かしたいと欲する。自分の意見と違う人間がどうにも気になって、それを批判せずにはいられない。あちらはあちら、こちらはこちら（つまりは相対的なものの見方——ドナ・ウィリアムズは、「この視点を持てる人間こそが素晴らしいんだ」と言ってます。ぼくもそう思う。この視点はこっち系の人間の基本的属性なのかもしれません。そしてこの感覚から離れていくほど、ぼくらとは違う人間だなあ、と感じてしまう）、というわけにはいかない。

他者を強烈に意識する。人文系で絶対の真理なんてそうそうありはしないのに（たいていは価値観の違いに還元されてしまうんじゃないでしょうか）。

ゴシップもそう。他人の動向が気になって仕方ない。でも、こういった情報は、架空の点取り合戦には大事なことなんでしょうね。他人の情報そのものがポイントになっている。

「知っている」だけで、そのひとのランクが上がっていく。

だから、当然流行もそう（同時に「流行にはつねに逆らう」っていうのもそう。どっちも他者を強く意識している。ぼくの母親なんかは、ずっと同じ形の服だけを着続けていたから、欲しい服がたくさん見つかって嬉しい時期――つまりは流行と合致しているとき――と、まったく見つからなくて苦労する時期があって、それを十年ぐらいのサイクルで繰り返していました）。

流行遅れは、即ランクダウンに繋がる。すべては架空のヒエラルキー。ブランドもそう。

音楽でも、その他の文化でも、時流に乗ることは点が高い。あるいは、逆らうことがよいことのように思う（差別化という名のポイント）。他者をちゃんと見てないと、そういうことはできません。

社会性がないと、これらからまったく自由でいられる。人目を気にすることなく我が道を行く。第一にすごく省エネです。精神的にも、家計的にも。

ぼくはまるでアーミッシュ[*25]みたいです。十年も二十年も同じ服を着続け（ほとんど黒か灰色。装飾なし）、破れたら繕ってそれをまた着る。大事なのは着心地。革用の縫い靴もそう。お気に入りの靴は、もう五ヶ所ぐらい自分で縫った跡がある。革用の縫い針を買ってきて、釣り糸で補修しています。

高校のとき買ったハルタのローファーを、ぼくは勤め始めてからもずっと履き続けていました（けっきょく三十を過ぎた頃、踵《かかと》が完全に取れてしまったので、また同じローファーに買い換えたけど）。

小学生のとき穿《は》いていたズボンを、裾を全部おろして勤め先でも穿いてたし、とにかくなんでも物持ちがいい。

ゆえに、流行からは完全に外れています。でも、まったく気にしません。というよりは、気にする機能が欠如している。

他者性がないから、ひとりでいるのと変わらない

社会性を意識できないと、当然ステータスにも鈍感になる。

なので、ぼくは相手にどれだけ偉い肩書きが付いていても、そのことで態度を変えることはありません。むしろ、魚の名前にやたら詳しい小学生を崇《あが》めてしまったりする。

作家になって、それまでの人生ではまったく縁のなかった、ものすごい肩書きのひと

たちと会うようになったけど、社会性がないおかげで少しも臆することなく相対することができた。

ぼくがへりくだらないものだから、むかついたひともいるでしょうけど、ぼくの中では、そういったひとはどれだけエラくてもB級です。真のA級のひとたちは、みんな偉ぶらない。子供みたいに無邪気で好奇心旺盛。独善ではなく、相対的なものの見方をしている。

あと、例の点取り合戦の外にいるから、自分がどう思われようと（つまり、ヒエラルキーのどこに位置づけされようと）関係ないので、失敗を恐れない。平気で恥をかける（というか、ぼくには一般的な意味での恥の概念はない。ひととはかなりずれたところに恥のツボがあります）。もともとが「バカ」ですからね。もうそれ以下はない。

これはけっこう特異なことみたいで、それがぼくの強さにもなってる。

ぼくは、ありのままの自分を平気でさらけ出すことができます。というか、自分を飾る能力に欠けている。（架空の点取り合戦で）自分が不利になることも、どんどん口にしてしまう。裏がないとも言えるし、ただのバカ正直とも言える。

よくみんなに驚かれるんだけど、講演とか、あるいは舞台挨拶とか、たくさんのひとの前で話をするとき、ぼくは前準備をしないんですね。べつに実際以上に賢く見せるつもりもないから、口ごもっても失言してもいい（どっちにしても、記憶力がないので、準備は意味を持ちませんが）。

他者性がないから、どれだけのひとが自分を見てても、ひとりでいるのとそんなに変わんない。なので、リラックスしてしゃべることができる。ほとんど独り言と一緒（それゆえ、たいていは「お話お上手ですね」って言われる。対人恐怖の正反対）。

でも、失敗もよくします。せっかちなんで、登場と退場のタイミングが早すぎることがほんとに多い（逆にしゃべりすぎて時間オーバーすることも）。あと、間違った場所に行っちゃうことも。場内爆笑。てへへ、って頭掻《か》いて、ぺろっと舌を出す。それでお終い。尾は引きません。

こないだも、現代アーティストの方たちが集まるキュレーションの会場で、司会役の方から紹介され、「市川さんの席も、用意させていただいてます」って言われて、すぐに、すごく格好いい椅子が目に付いたのでそこに座ったら、それは会場に展示されていたアート作品でした。またも爆笑。

こんなんばっか。

先祖もこの社会の外にいた？

ヒエラルキーを「富（食料）」の概念から考えることもできる。

ニホンザルって、餌付けされていない集団はオスのボスがいないって読んだことがあります。母性のおおらかさと気遣いで集団を維持している。他のグループの猿もウェルカム。互恵的。

なんだけど、ひとが餌付けして余剰が生まれると、もっとも力の強いオスザルが多くを独占。以下、強いもん順に優先権が割り振られていく。位階制の始まりですね。


じゃあ、人間はどうでしょう？

いまから約八千年前の新石器時代、生殖を行った女性十七人にたいして自分のDNAを伝えることができた男性はたったひとりだけだったという研究結果があります。

それまでは、そんなことはなかったんだから、この時代に起きたこととなにか関係がありそう。

研究者たちは農耕と牧畜の始まりが原因だって言ってる。独占することのできる「余剰」が生まれた。サルと一緒。力の強いオス——もとい、男性が食料を独占し、同時に生殖権も独占した。

それまでの乱婚時代にせよ、このマッチョでハーレム的な社会にせよ、ぼくの先祖はいつだってその外にいた。遊軍的。

なんか特技でも持ってて（あとで出てくるけど、ぼくらは映像優位の脳をしています。これはいろんな特技に繋がる。うちは先祖代々ずっとクラフトマンの家系です。宮大工や刀鍛冶もいたそう）、集団の端っこあたりに置いてもらっていたか、さもなきゃ、完全にはぐれ者だったか（でも、それで生き抜くのは大変そう）。

ボスからは嫌われていたでしょうね。へつらうことができないから。

食料もちょっとしかもらえない（だから、ぼくはこんなにも食に対する欲求がないんだ！　ほんのちょっと食べれば、もうそれで充分。なんか大気中の霞《かすみ》かなんかをエネルギー源にしているみたいなところがある）。

さて、問題は生殖。ぼくの想像はこうです。

ふつうに考えると、こういった男性は女性たちからかまってもらえずに、あっというまに血が絶えてしまいそう。

でも、こんなひとでもいい、あるいはこんなひとだからこそいい、っていう女性たちもきっといたはず。テナガザルのメス的女性。

彼女たちはゴリラやチンパンジーのメス的女性たちとは違う戦略をとりました。

権力の上にいる男を頂点とした一夫多妻制でも、群雄割拠するマッチョな男たちとの乱婚でもない、マイホーム型の結婚戦略。

誠実そうな（つまりは、たくさんの女性と生殖行為をしたいとは思っていそうもない）男性を見つけ出し、じっくりと観察、吟味して、それからようやく一緒になる。これもまた奥手の理由ですよね。もどかしいほどに時間がかかる。「半年過ぎても手を握らない」なんて甘い甘い。

なぜならこの夫婦は、テナガザルのように、子供が大きくなって巣離れするまで、ずっと一緒に協力して育てていくという戦略をとっているから。途中で心変わりされたら堪《たま》らない。三年目の浮気なんてとんでもない！

だから、相手がほんとにそのタイプなのか見極める必要がある。小狡《こずる》い男がそのふりをすることだってあるだろうから（これもまた別の戦略）女性たちも必死です。そうなると、どんどん慎重に――別の見方をすればシャイで奥手に――なっていく。

多くを求めず、少ない子孫を確実に残していく。男も種をばらまくのではなく一緒に育てる。

この戦略がいつ人類に生じて、それがぼくに引き継がれたのかは分からないけど、それ以外の潮流にはいっさい、ぼくらの先祖は乗っからなかった。

だって、なんか面倒くさそうですもんね。いろいろと。

一生奥さんに恋し続ける純愛タイプ

「わたしも誰かが責められている場面を見るのがつらかった。でも、そんな物語ばかりなのね、世の中って。わたしは自分がひとと違うってことに気付いていなかったから、どうしてみんなは、わざわざこんな苦しい思いをするためにドラマや映画を観るんだろう？　って不思議に思ってた」

「吸涙鬼」

富の取り合い、ボス争いなんて、昔はずいぶんと乱暴だったんでしょうね（いまでもそうか）。それこそ腕っ節の強さがものをいった。あるいは、他者との争いをいとわない男、はかりごとに長《た》けた男、裏と表を上手に使い分ける男が位階制の階段を上っていく。

このへんを、ぼくの先祖はまったく進化させなかった。非力な拳と、極端な平和主義、愚かしいほどに単純でバカ正直。

はなからこの競争（狂騒？）に参加する気のない（あるいはできなかった）彼らは、

独自の進化を遂げていった。

まずは、圧倒的に弱いですからね。危険を察知するためにセンサーの感度をよくした。あるいは、昔からのセンサーを失わなかった。

いわゆる「直感」の、これがもとなんじゃないかって、ぼくなんかは考えるんですが（匂い、音、光、気圧、湿度、その微少な変化を素早く捉えて危険を察知し、どうすれば生き延びられるのかを一瞬で判断し行動する。そういう思考のシステム）。

ほら、強さはある種の鈍さだって前にも書きましたよね。死や痛みに対する感度（および諍《いさか》いを遠ざけようとする防衛本能）をある程度鈍くしておかないと争いには加われない。（比喩的にも、文字通りの意味でも）ぼっこんぼっこん殴り合って、勝った方が富と女性を手にする。臆してちゃあ駄目です。太く短く。そのあいだに、いっぱい子孫を残せばいい。

一方、こちらは、できるだけ死を遠ざけようとする。子供が巣立つまでちゃんと生きて見届けなければなりませんからね、必死です。必然的に、死に対する感受性が高まる。配偶者の命にも、ものすごく敏感になる。いたわり、気遣い、支えようとする（この辺が、不安神経症とか、パニック障害のもとになっているような気もします）。

そしてすごいことに、ともに過ごした時間の分だけ、相手の魅力が増していく（ように感じられる）。愛情がどんどんと高まっていく。「恋愛感情賞味期限三年説」もなんのその、十年経てば十年分だけときめきが増していく。

これはうまい戦略ですよね。これなら夫婦の絆は盤石《ばんじゃく》です。脳がそのように進化した。

こういうのもある種の自己欺瞞《ぎまん》っていうんですかね？　だって客観的に見れば、齢を経てくたびれてしまった配偶者よりも、ぴちぴちした若者のほうがはるかに魅力的なはずですから。

いやいや、成熟したその内面が、とか、この味わいのある風貌が、っていうんじゃないんですよ。そのほうが真実味があるけど、そうじゃなくて、このタイプは本気でいまの配偶者のほうが魅力的だと感じてしまっている。

毎朝、起きるたびに奥さんと恋に落ちる。

これはもう、チンパンジーやゴリラ系のひとたちから見たら「ファンタジー」ですよね。「女房と畳は新しいほうがいい」「結婚は忍耐」さらには「結婚は人生の墓場」系のひとたちにとっては、想像を絶する（ある種不気味な）、夫婦感情。

でも、まあ、とにかくぼくらはそのようになった。数十万年？　かけて育んできた愛の戦略。

ちょっと長いけど、イアン・マキューアン[*26]の『土曜日』（新潮社）からの引用。

暖かい肌とシャンプーした髪の匂いを吸い込む。なんと幸運なことだろう、自分の愛する女が自分の妻でもあるというのは。

――いや、いかなる基準からしても――倒錯したことに違いないが、自分はロザリンドとのセックスに飽きたことがなく、医師業のヒエラルキーがふんだんに用意してくれた行きずりの機会にも真剣な誘惑を感じたことがない。セックスを考えるときには、ロザリンドのことを考えるのだ。

いかなる人格上の偶然によるものか、自分をより興奮させるのは相手となじむことであって、セックスの目新しさではない。おそらく自分には、麻痺している部分、欠けているもの、臆病な要素があるのではないだろうか。

自分が必要としているのは所有することであり、帰属することであり、反復することであるのだ。

ほら、ブッカー賞作家だって、こう言ってるんですから。

ちなみに、この主人公の医師は四十代後半。奥さんとは研修医時代に出会っています。この医師のように、一生奥さんに恋し続ける真の意味での純愛タイプ（つまりはテナガザルタイプ）って、いまの時代どれくらいいるんでしょうね？（実はけっこう多いんじゃないかとぼくは思ってます。こういったひとたちは、あんまりそれを声高に主張しないから、実際以上に少なく思われているだけで）

植物に囲まれていたい

頭の中のチップが古いバージョンのままだってことは、やっぱり都市よりは田舎、人工的な構築物よりは自然に囲まれていたい、って欲求と直結する。自然への感受性がものすごく高い。

お金のために平気で自然破壊するひとたちは、きっとすごく新しい脳なんだろうなって、ぼくなんかは思ってしまいます。人工的な環境こそが故郷、みたいな感覚。理屈では自然が大事だと理解できても、感情がついてこない。だから、最後には欲が勝ってしまう。本能レベルで自然に鈍感なひとたち。美しい森の中に、平気でキャンディーの包みとかを捨てることのできる感性。

ぼくはとにかく緑が好きです。いつだって緑に囲まれていたい。植物を愛《め》で、そして育てる。

ぼくの家は植物だらけです。書斎なんかもうジャングルみたい。なぜか好みが熱帯植物に偏っているんですよね。シダ、苔《こけ》、イモ、ツル植物。やっぱり、熱帯雨林こそが故郷なのか。

あと水も好き。綺麗な水を見ているだけで幸せな気分になる。家中水槽だらけ。

この「綺麗な水が好き」っていうのも、生存するための本能と関わっていそう。とくにサバンナに出てからは水は貴重だったはずだから、澄んだ流れを見ると、それだけで興奮してしまう。

ぼくはキラキラ輝くもの――ガラスとか、鏡とか、よく磨かれた金属とか――も大好きなんだけど、これは水を連想させるからなんじゃないか？　って思ったりもします。遠くからキラキラ輝くものが見えたら、大昔だったら、それは水の可能性が高い。

あと、極端にシンメトリーが好きなんだけど（鏡像がとくに大好き！）、これも水面に映る景色を連想させるからじゃないか、と睨《にら》んでるんですが。

これはさすがに無理があるか……。

自前の覚醒剤でつねに過覚醒状態

いろんな説があるけど、とにかくひとは進化とともに、その精神の活性を失っていった、と言われてます。氷河期を乗り切るため、っていうのは有名ですよね。せくな、はしゃぐな！　無駄なエネルギーは使うな！　ってことでしょう。

あるいは、人間が森から離れてしまったこともそう。

森に入るだけで、人間は幾つもの遺伝子スイッチがオンになるらしい。いまはやりのエピジェネティクス[*27]ってやつです。スイッチがオンになっていないと、その遺伝子は眠ったままで働かない。

森は人間の遺伝子を目覚めさせる。免疫力を高め、精神を高揚させる。

というか、逆ですよね。ひとは自然から離れることによって、本来機能していた遺伝子のスイッチをどんどんオフにしていった。省エネモードの大人しくなったサル。

ひとは母なる森を離れ、すっかり憂鬱になってしまった。都市生活者たちの虚無感、喪失感、ディプレッション。まあ、大人しくしてないと、隣のひととぶつかっちゃうし。それぐらい、いまの大都市は過密ですもんね。

先祖返りしたぼくは、もとの活性をそのまま維持しているんだと見なせば、現代社会でひとり浮いてしまうこともうなずけます。

体温がサル並みなのもそうですし、病院で症状をうったえると必ず甲状腺機能の検査を受けさせられるのもそう。原始人の甲状腺機能レベルになってる。

そして、都市生活をしている原始人であるぼくは「緑が足りない！」「もっと、緑を！」って本能的に感じて、家中を植物で埋め尽くしてしまう。

診てもらっている先生からは「あなたは自前の覚醒剤（内分泌）の働きで、つねに過覚醒状態にあるんだ」って言われてます。「生まれたときから、ずっと軽躁状態が続いているんだ」、とも。

そう、それに「酔っ払ってるの？」とも。

でも、これは一般的現代人と比べるからであって、大昔なら、みんなこんなだったかもしれない。当時だったら、お母さんが「この子は大人しくて、ほんと手がかからなくて助かるわ」なんて思うぐらいの、なんてことないレベルだったかも。

すっかり大人しくなってしまった現代人の中だと、ドラッグやアルコールを摂取しているひとと同じレベルなものだから、多動症やら多弁症って言われちゃうけど。

ハイになると時間の感覚もゆがむ

ちょっとドラッグの話が出たんで、じゃあ、いったいどのくらいぼくの状態と似ているのか、それについて。

ドナ・タート[*28]の『ひそやかな復讐』（扶桑社）という小説の中に真性のドラッグ常用者が出てくるんですが、彼が「スピード（アンフェタミン）っていうのは、時間感覚が変わる。自分の時間速度が速くなったように感じるからスピードって呼ばれてるんだ」みたいなことを言ってて（効果が素早いのでスピードと呼ばれているという説もあるようですが）、まさしくそれって、興奮しているときのぼくと一緒。

たとえば、池袋のサンシャイン60に車を停めて東急ハンズまで買い物に行ったときのこと。

その帰り。ハンズを出てすぐ脇の長い階段を一気に駆け降り、アルパに繋がる広い地下通路に出たその瞬間、ふいに時間の流れが止まった。ぼく以外の世界に急ブレーキが掛かった。

もちろん主観としてですが。何百人て歩行者たちが、超スローモーションで歩いてる。

ほんの数秒の出来事でしたが、さすがに気持ち悪かった。

ふだんから、ぼくには、ほとんどの歩行者がスローモーションのように見えるんだけど、それが限りなく拡大されたような、なんとも不思議な感覚。

加速スイッチオン！　って感じです。


覚醒剤っていうのは、その名のとおりひとを覚醒させます。ぼくがお医者さんから「過覚醒」って言われているのと一緒。

症状はこんな感じ。

多幸感、多弁（！）、早口（!!）、時間感覚のゆがみ、空腹感の欠落（まさしく！）、過敏、集中、活動力増大、持久力の向上。


ぼくは異常なほど五感が過敏なくせに「痛み」に対しては鈍感です。かなりの怪我《けが》でも無視することができる。小学校の頃は、自分の腕や手の甲に安全ピンを刺して、女の子たちをキャーキャー言わせてました。シャツのタグが気になって切り取ってしまうほど過敏なのに、この落差はどこから来るんでしょうね。

さらには、幻覚、音を見る——

ぼくはくつろいでいるとき、ふいに音が聞こえると、目の前に画像が浮かぶという変な癖？　があります。たいていは真っ白い光の模様なんだけど、ときにはそれが文字であったり、美しいオブジェであったりすることも。一種の共感覚なんだろうけど、これも過覚醒のなせるわざなんですね。

記憶障害、頻脈《ひんみゃく》、不整脈、過呼吸、パニック。

そして興奮期のあとの、不安、不眠、消耗、抑鬱《よくうつ》、心気症。

まあ、そんなところです。

ハイになり、そのあと離脱症状が来る。

ようは振り幅の大きさですね。なにを摂取するでもなく、ぼくは生まれたときから、自前の内分泌でこれを繰り返している。

ここに並べた症状は、いろんなドラッグの寄せ集めです。アルコールなんかも近いものがあるのかもしれません。

ぼくはアルコールを摂取すると、尋常じゃなくなるんですね。（自前の）薬物とアルコールの併用は危険なんでしょう。脈が二〇〇ぐらいまで（主観的に）上がって、体温が四〇度ぐらいまで（これも主観的に）上昇してしまう。すごく気持ち悪い。

バッドトリップ。で、一瞬で抜けます。燃焼と言うよりは「爆発」に近い。みんながそろそろ酔い始めたと思う頃には、もう素面《しらふ》に戻っている。全然楽しめないのでやめました。どうせ、ふだんから酔っぱらっているようなもんですし。

あとカフェインもそう。コーヒー、紅茶、緑茶、なんでもそう。すでにフルスロットルなのに、そこにまたガソリン注いだら、もうあとは暴走するしかありません。超「過覚醒」状態になってしまう。これらも注意深く避けています。

実は動物性タンパク質も同様で、ぼくの肉嫌いはこういった生理的反応が理由になっているのかもしれません。

でも、不思議ですよね。

だって、これって普通のひとたちが、わざわざお金を払ってまで「興奮のもと」を手に入れて、ぼくと同じようになろうとしてるってことでしょ？

けっきょくは、これも原始のマンだった頃の記憶が求めてるってことなんでしょうか。すっかり大人しく憂鬱になってしまった現代人は、かつて自分がそうだった姿――無限の活力を秘めた多幸症のサル――に戻りたい、とそう願っているのか。

まあ、現代社会において、フルタイムで多幸症のサルをやるっていうのも、けっして楽じゃないんですが。

「宵越しのカロリーは持たない」

この、ありあまる原始の活力を逃がすために、ぼくは物心つく前から、ずっと走り続けてきました。

陸上選手をやめてからも、走ることは続けてました。考えてみると、もともと競うことには、そんなに興味がなかったのかもしれない。ひとりで野山を走っているのが一番楽しい。

歩くことに興味を持って、ひたすら家のまわりを散歩してたこともありました（奥さんからは徘徊《はいかい》と言われてましたが、たぶんそれは正しい）。一番歩いた頃は、毎日30㎞。それまでの数年間は、日に20㎞程度にとどめていたんだけど、徐々にそれでは物足りなくなって、ついにはこの距離に。

すごく楽しかったけど、ある時期から、なんだか空気の汚れがひどくなったような気がして、だんだんと外に出るのが億劫《おっくう》になってしまった。

化学物質過敏症みたいなものなんでしょうけど、それまで大気中にはなかった新たな物質を感知すると、脳がものすごく警戒するんですね。

危険だ！　ってアラームが鳴りっぱなしになる。

花粉の季節でもないのに咳《せ》き込んだり、涙目になったり。神経が興奮するもんだから、動悸《どうき》や目眩《めまい》までしてくる（普通のひとが反応する十分の一とか百分の一ぐらいの量でも、ぼくの脳は反応してしまう。たとえば、みんながふつうに食べているコンビニ弁当でも、ぼくは七、八割の確率で、ゲリしてしまいます。きっと少量の添加物に脳が過剰反応しているんだと思います。まわりからはカナリア人間て呼ばれてます）。

なので、いまは家の中を走ってます。

歩くぐらいの速さで、家の一番端っこから反対側の端っこまで日に何百往復も。集中して走るのは、だいたい一日九十分ぐらい。あとは、執筆の合間に数分ずつこまめにインターバルを取って走ってます（もちろん、これも奥さんから言わせたら徘徊。彼女がTVを見ているすぐ脇を、ひたすら往《い》ったり来たりするわけですから、鬱陶《うっとう》しいことこの上ない）。

ぼくはボクサータイプの作家だとも言えます。ワンラウンド書いたら、さっと立ち上がってランニング。そしてまた戻ってきて執筆。それを延々繰り返す。多動児が見つけ出した究極の執筆リズム。これが一番向いている。小学校時代の匍匐《ほふく》前進となんら変わらない。

こうしないと、ありあまる活力がはけてくれない。ぼくは「宵越《よいご》しのカロリーは持たない」タイプなんですね。体脂肪もきっと数パーセントしかないし（奥さんからは、皮肩の下の骨格や筋繊維がはっきり見える。人体標本みたい、って言われてます）、子供の頃からずっと、どの集団にいても「その中で一番瘦せている」のがぼくでしたから。

　ああ、だからぼくはすごく腰が軽いです。エネルギーを使うことに積極的だからカロリーの出し惜しみはしない。サーバータイプ。奉仕する人間。喜ばせたがり屋。

　これがだんだんと活力が下がってくると、ケチになって、エネルギーの出し惜しみをするようになる。腰が重くなり、奉仕されたがるようになる。カロリーを後生大事に抱え込み、それを使おうともしない。重力に負けて座りっぱなし、ソファーに寝っぱなし（真逆のぼくは踵《かかと》を上げて跳ねるように歩き、木に登りたがる。思い切り重力に抵抗する）。

　鬱がひどかったときの母がそうでした。あれほど快活で、天女のように軽やかだった母が、ぐったりと動かなくなる。薬の影響もあるのか、太って動きまでもがスローになる。なにごとにも批判的になり、世間を、そして自分自身さえをも否定してしまう。

　活力っていうのは、「肯定する力」でもあるんだなあ、ってつくづく思います。だからこその多幸症なわけで。

　それに、ぼくは男成分がほとんどない、いわゆる母性タイプですから、これまた「寛容」に繋がるわけで、違ってても弱くても下手くそでも、いいよいいよ、って肯定してしまう。というか、むしろ積極的に肩入れする。

そして『ガープの世界』のガープのように、独善的な「不寛容」を嫌う。

たぶん、だからこんな話を書いているんでしょうね。

自分が抱えているあれやこれや——違ってることや、弱いことや、下手くそなこと——そのすべてがエラーなんかじゃなく、きっと意味があることなんだ、ってそう思えて仕方ない。高エネルギーがもたらすポジティブシンキング。まさに肯定する力。

つまりは、この本の内容そのものが、語り口を含めて、実はぼくの活力の証明になっているってことなのかも。

風邪をひかない理由

いろんな理由が言われているけど、とにかくひとは他の類人猿に比べてかなり体温が低いわけです。一度体温が高いだけで、免疫力は五倍になるわけですから、それを手放すには、きっとそうとうな理由があったはず。

サル並みの体温のぼくは風邪をひきません。インフルエンザにも罹《かか》らないし、はしかになったこともない。手洗いもうがいもしない。ぜんぜん平気だから。

これは、滅菌された現代社会では、ちょっとオーバースペックなのかもしれませんね。

あと酵素[*29]もそう。発酵を見ていれば、温度が高いほうが（もちろん上限はあるけど）活発になるってすぐ分かる。

だからぼくは食物繊維の消化がひとよりいいはずで、そのせいなのか、野菜や穀物が大好きで肉はあんまり食べない。いくらサツマイモを食べてもオナラは出ない。タロイモばかり食べているポリネシアのひとみたい（だから、菜食主義って、体質的に向いているひとは、主義なんかじゃなくナチュラルにそうなるし、そうでないひとは、ほんとはけっこう無理してるのかも。これもまた多様性。それぞれに適した食性がある。有名なレフティ〔左利き〕にベジタリアンが多いのもそのせい？）。

過剰な感情――愛、感傷、ノスタルジー

こうやって、一事が万事ひととは違っているんだけど、その中でもとくに違うよなあ、って思うのは、やっぱり「感情」でしょうか。

過覚醒の人間は、過剰な感情を抱えている（なんか、韻《いん》を踏んでますね）。ブーストされた心。

とにかく大袈裟《おおげさ》だって言われます。大袈裟に喜び、大袈裟に驚き、大袈裟に恐がり、大袈裟に悲しむ。

軽躁的な多幸感もこの中の一部。

喉が切れるほどに、窒息しそうになるほどに笑い、過剰に驚愕し、そして、いつも泣いてばかりいる（一日に一回は泣く。まあ、これは感動の涙の場合が多いんだけど。ぼくは雲を見ては泣き、夕陽を見ては泣き、空を飛ぶ鳥を見ては泣きます。なにもかもが美しく、眺めていると、なんとも言いようのない感情が込み上げてきて涙が勝手に溢《あふ》れてしまう。痛いほどに感じ入ってしまう）。

怒りだけがほとんどないんだけど（こらえているのではなく、怒りそのものが込み上げてこない。意識に上る前に、脳が抑え込んでしまっているのかもしれない。軋轢《あつれき》を避けるための防衛本能？）、不安と恐怖はとてつもない。

怒りが恐怖にすり替わっているような気もします。本来ひとが怒りを感じるような場面の多くで、ぼくは恐怖や悲しみを感じますから。

病理レベルの不安。パニック。

パニック障害は生涯発症率が1～2％と言われてますから、残りの99％に近いひとたちは、この「感情」を知ることなく一生を終えます。

ほんと「想像を絶する感情」です。

「なんで電車乗れないの？」って訊かれて「いや、パニック起こすんで」って答えると、「ああ、それは大変ですね」って言ってくれるけど、この理不尽な恐怖をリアルに想像することはきわめて難しい。

ほとんどのひとたちは、「わたしがこのように感じたことは、彼も（彼女も）同じように感じているはず」と期待する。でも、人間の感情にはものすごく幅があって、多感症（そんな言葉ないか……）と不感症とでは、もし、それを数値化することができたら何十倍、何百倍って開きがあるかも。


ぼくはいつも小説を書いてて（あるいは、誰かと話をしていても）、「いまぼくが言ってるこの感覚、ちゃんと伝わっているんだろうか？」って思っちゃいます。

過剰な神経パルスが生み出す規格外の感情。それを感じるには、やっぱり同じような脳が必要だろうから。

まあ、だからこその「障害」であり「病気」であるわけですが。

愛、感傷、ノスタルジー、そして宗教的感覚。これらは、ぼくの中でほとんど一緒くたになっています。

原始の脳が感じる至福の瞬間。これをどうにかして伝えたい。だって、ほんとにすごいんですから。

次の章では、じゃあ、それがなぜ「すごい」のか、そのへんの理由も含め、ぼくの小説世界について、思い切り想像を膨らませていきたいと思います。

注釈

＊11　ドナ・ウィリアムズ（一九六三〜二〇一七）オーストラリアの作家。『自閉症だったわたしへ』は、「初めて自閉症者自らその精神世界を描いた」と言われベストセラーになる。執筆活動などのかたわら、自閉症に関する講演やワークショップを手掛けた。

＊12　品川裕香　教育ジャーナリスト・編集者。国内外の教育現場にて、いじめ・不登校・虐待からLD・ADHD・アスペルガー症候群などを対象とした特別支援教育、非行・矯正教育まで、子ども・保護者・教師・支援者たちの思いを多角的に取材執筆。著書に『心からのごめんなさいへ――一人ひとりの個性に合わせた教育を導入した少年院の挑戦』『LD・ADHD・アスペルガー症候群 気になる子がぐんぐん伸びる授業――すべての子どもの個性が光る

特別支援教育』（共著）などがある。

＊13　アスペルガー　アスペルガー症候群。知的障害を伴わないものの、興味・コミュニケーションに偏りが見られる自閉症スペクトラムの一種。オーストリアの小児科医であるハンス・アスペルガーにちなんで名づけられた。その定義はひとつではなく、イギリスの児童精神科医ローナ・ウイングは、自閉症と診断されないものの、「社会性」「コミュニケーション」「想像力」に障害がある子供を「アスペルガー症候群」と呼ぶ一方、米国精神医学会の診断基準DSM－Ⅳなどでは、「認知・言語発達の遅れがない」「コミュニケーションの障害がない」「社会性の障害とこだわりがある」ことが「アスペルガー障害」であるとする。

＊14　LD　学習障害（Learning Disability）「基本的には全般的な知的発達に遅れはないが、聞く、話す、読む、書く、計算する又は推論する能力のうち特定のものの習得と使用に著しい困難を示す様々な状態を指すものである。学習障害は、その原因として、中枢神経系に何らかの機能障害があると推定されるが、視覚障害、聴覚障害、知的障害、情緒障害などの障害や、環境的な要因が直接の原因となるものではない。」（文部科学省HPより）

＊15　上野一彦　（一九四三〜）教育心理学者・東京学芸大学名誉教授。学習障害を専門とし、自らもLDであることを公表しており、全国LD親の会、日本LD学会設立に携わる。

＊16　ADHD　注意欠陥・多動性障害（Attention-Deficit / Hyperactivity Disorder）「年齢あるいは発達に不釣り合いな注意力、及び／又は衝動性、多動性を特徴とする行動の障害で、社会的な活動や学業の機能に支障をきたすものである。また、七歳以前に現れ、その状態が継続し、中枢神経系に何らかの要因による機能不全があると推定される。」（文部科学省HPより）

＊17　側頭葉　大脳葉のひとつで、言語の理解、記憶や物事の判断、感情の制御、聴覚をつかさど

る部分。

＊18　前頭葉　大脳葉のひとつで、前頭前野と運動野、運動前野に分けられる。運動野は頭頂葉に接する部分で、その前方に運動前野があり、どちらも運動の遂行や準備に関わっている。前頭前野は思考や創造性を担う脳の最高中枢と考えられ、生きていくための意欲、情動に基づく記憶、実行機能などをつかさどる。

＊19　バビル2世　横山光輝原作のコミック・アニメ。かつて地球に不時着して帰れなくなった宇宙人バビル。彼の遺産である「バベルの塔」と「三つのしもべ」を受け継いだ超能力者・浩一は、世界征服を企む悪の超能力者・ヨミと戦う。

＊20　認知様式理論　この記事には、以下のように書かれている。「認知様式理論によって、脳の上部システムは達成すべき目標を見極めるために周囲環境についての情報を（情緒反応や食べ物や飲み物への欲求など他の情報と組み合わせて）利用していることが明らかになった。脳の上部は積極的に計画を立て、計画が実行されたときに起こるはずの出来事について予想を立てる。計画が実行されている間は実際に起きていることと事前の予想を比較して、その都度計画を修正する。脳の下部システムは感覚信号を整理すると同時に、感覚とこれまでに記憶に保存された全ての情報を比較する。その上で、比較の結果を利用して対象である物や出来事を分類・解釈する。このおかげで私たちは実際の社会に意味を与えることができる。」（「脳についての新たな理論――上部脳と下部脳」ウォール・ストリート・ジャーナル日本版二〇一三年一〇月二一日より）

＊21　知覚者モード　この記事では、脳の上部と下部の使い方の特徴で人間を四つのグループに分類できると予想していて、知覚者モードはこの内のひとつとされる。「上部と下部をどの程度自由に使っているかによって、人は行動者（Mover）、知覚者（Perceiver）、刺激者

(Stimulator)、適応者（Adaptor）という四つの認知様式のいずれかの状態で活動する。」（「脳についての新たな理論――上部脳と下部脳」ウォール・ストリート・ジャーナル日本版二〇一三年一〇月二一日より）

＊22　ダライ・ラマ　チベット仏教ゲルク派の高位のラマ（僧侶）であり、チベット仏教で最上位クラスに位置する化身ラマの名跡。現在はダライ・ラマ十四世。

＊23　エミリー・ディキンソン（一八三〇〜一八八六）米国の詩人。死後、そのみずみずしい詩が大量に発見され、世界中で高い評価を受ける。

＊24　胚葉学　精子と卵子が受精すると胚となる。胚は細胞分裂を繰り返して発達するが、受精後三週目頃には三つの層に分かれ、一番外側の層が「外胚葉」、真ん中の層が「中胚葉」、一番内側の層は「内胚葉」と呼ばれ、それぞれの役割が体の各組織と対応する。外胚葉は皮膚表皮や感覚器官、中枢神経系や末梢神経を形成し、中胚葉は骨、筋肉、泌尿器、生殖器、心臓、血管系、血液を形成、また内胚葉は腸粘膜や付属器官の腺を形成する。胚葉学では発育の過程でこの三つの層のどれが優位に発達するかで、体型の特徴だけでなく、性格や考え方までもがある程度決まってしまうという。どの層が優位に発達するかは最終的には遺伝子による。

＊25　アーミッシュ　米国ペンシルベニア州・中西部やカナダ・オンタリオ州などに居住するドイツ系移民の宗教集団。十八世紀移民当時の生活様式を保持し、電気機器を一切使用せずに農耕や牧畜によって自給自足生活をしていることで知られる。

＊26　イアン・マキューアン（一九四八〜）英国の作家。七六年『最初の恋、最後の儀式』でサマセット・モーム賞受賞。九八年『アムステルダム』でブッカー賞受賞。二〇一一年エルサレム賞受賞。著書に『イノセント』『愛の続き』『初夜』など多数。

＊27　エピジェネティクス　ＤＮＡ塩基配列の変化を伴わずに細胞分裂後も継承される遺伝子発現

あるいは細胞表現型の変化を研究する学問領域をエピジェネティクスepigeneticsと呼ぶ。ヒストンというタンパク質がアセチル化すると遺伝子発現が活性化され、DNAがメチル化すると遺伝子発現が抑制される。こうした遺伝子のスイッチのオン・オフの制御は細胞分裂を経て安定的に伝達される。

＊28　ドナ・タート（一九六三〜）米国の作家。九二年に発表した『シークレット・ヒストリー』は衝撃的な内容で「天才現る」と全世界にセンセーションを巻き起こした。十年後に発表された『ひそやかな復讐』は二作目となる。

＊29　酵素　生体で起こる化学反応に対して触媒として機能する分子のこと。生物による物質の消化から吸収・分布・代謝・排泄に至るあらゆる過程に関与する。

第三章　ぼくが神話的な物語を綴る理由

アスペルガーの芸術家たち

M・フィッツジェラルド[*30]の『天才の秘密』（世界思想社）という本があります。副題が「アスペルガー症候群と芸術的独創性」。

登場するのはスウィフト、アンデルセン、メルヴィル、ルイス・キャロル、コナン・ドイル、ジョージ・オーウェル、カント、モーツァルト、ベートーヴェン、ゴッホ、ウォーホル等々……。

この本を読むと、ある種の芸術的傾向、価値観、指向性といったものが、生まれつき、あるいは環境によってもたらされた脳の偏りに大きく影響をうけているってことがよく分かります。

もちろん、ここに登場する芸術家たちは、みなその分野の頂点に立つひとたちです。同じ傾向を抱えていても、創作する人間は、市井の趣味人から神格化された巨人まで様々な形を取ります。

傾向がそのまま能力を保証してくれるわけではありません。傾向は、あくまでも傾向です（残念ながら）。でも、びっくりするほど（それこそ双子のように）彼らは似ている。同じように傾いた心。

まずは「統合的一貫性」の欠如。

関知できる情報から首尾一貫性（意味のある総体）を引き出すことができない（中略）そのため、「モジュール[*31]（一貫しない）能力」に傾いてしまう――。

これは、とても重要です。本の中に何度も繰り返し出てくる。

ぼくが前に書いた「ひとの顔を認識するとき、全体の印象を見るひとと細部を見るひと」の違いが、ここで説明されている。ディテールへの極端なこだわり。

また、視覚に偏る傾向は「前頭側頭部と眼窩《がんか》の前面の大脳皮質の選択的退行が、より後方に位置する知覚を含む視覚システムの抑制を減少させ、それゆえに、これらの特異な芸術的興味と能力を高める」と説明されています。

いわゆるトレードオフですね。あっちが引っ込めば、こっちが出っ張る。人間関係を受け持つ回路は小っちゃめにして、その分をヴィジュアル関係に振り分けよう、みたいな。

けっきょくは、限られたリソースの配分の違いってことになる（これってゲームキャラクターのステータスの割り振りみたいですよね）。

———彼らには人間関係を築くノウハウが欠けているとしても、そのことで人間関係の観察力や、小説や架空の物語、またはその他の想像的な文学形式で人間関係を描写する能力が阻害されることはない。

———彼らは鋭い観察眼をもち、いわば「傍観者」であり、ほかの人たちが見すごしてしまう細かな点まで見る能力がある。これは統合的一貫性が欠けている証拠だが……。

ぼくはここで「観察」という言葉に引っ掛かりました。これは重要なキーワードです。傍観者、観察者であれば、当事者になることなく好奇心を満たし、学習することができる。

最初にぼくを診てくれた先生のあの言葉。

「あなたは一般のひとが無意識に行っている行為を、脳の中で猛烈に演算しながら模倣している——」

まさしく観察と学習。そしてシミュレーション。

あと、こういったひとたちは自分が五感で得た情報を分析し、物事を司っている一連のパターンや法則を引き出す能力に長《た》けている（そして、そういった思考を好む）ように思えます。いわゆるシステム化ってやつ。

パターンに敏感、っていうのはいつも感じます。下らないことで言えば、地下道のタイルの色とか。無意識のうちに同じ色のタイルを辿ったり、そこに桂馬飛びの法則を見つけて喜んだり。ジンクスなんかもそう。まったく関係のないふたつの事象を関連づけて考える癖。この本の内容（つまりはぼくの妄想）自体が、そういったシステム化を好む傾向の表れなのかも。

— 彼らは、『自然主義者』であることが多い。

まさに！　でも、メルヴィル[*32]やベートーヴェン[*33]に面と向かって「あなたはサルに近い脳だから、自然を恋しがるんだ」とはとても言えない。きっと怒られる。

やっぱり「ぼくはサル」説は、ぼく自身のことだけにとどめておいたほうがいい。

「反復への執着」と「超自然志向」

— 彼らは自分の考えを過剰に短く表現することが多い。

これも確信していました。体言止め。文章を短くするための倒置。あるいはこれも「統合的一貫性の欠如」の表れかもしれない。

——文学作品の多くは「異なる自己」に関するもので、自己の感覚に問題をもっている人たちは、そのことを書くのに長けていることがよくある。

ぼくなどは、そのことしか書いてこなかった気もしますが。まさしく、この本もそうですし。

——思考や行為を何度も繰り返す執着性。

テーマの反復。ある種の保守性。
一般的に創作者は変化、成長を求められ、それが上手いほど素晴らしいアーティストだと言われますが、受け手としてのぼくは、頑ななまでに同じことを語り続ける作家に強く肩入れしてしまいます。飽きっぽさの対極にある執着性。変化ではなく恒常性。
当然、ぼくは自分を「究極のワンパターン作家」だと感じています。そして、それを少しも悪いことだとは思っていない。

あとリフレインなんかもそう。ひとつの小説の中で何度も同じ言葉、同じエピソードを繰り返し使う。それが大好き。そうすると興奮してくる。

ベートーヴェンは「神話的で魔法的なものや憂《うれ》いを帯びた超自然的なものを扱う舞台の計画」に惹かれていた。アスペルガーの人たちはこの種のテーマに惹きつけられる。

アスペルガーの人は、しばしば超自然的で深遠なものに惹かれる。

すぐ前の章の終わりに書いた宗教的感覚。これこそがぼくの創作の中心にある。あとでもっと詳しく触れていきます。

この傾向と、さっき書いたシステム化が合体すると、どこか運命論的な考え方をするようになる。縁とか、星の巡り合わせとか、そんな感じ？

サイン帳にペンを挟んだまま返してしまったことも、「運命の神様が、ぼくらふたりを結び付けるためにしたことなのかも」なんて考えてしまう。自分でもどこまで本気なのかは分からないけど、そうだったら面白いなあ、と感じる心の傾向。

人間の自由意思に重きを置くひとたちからすると、どうにも気に入らない考え方でしょうけど、これまた生理だから仕方ない。

――「禁欲的な清貧志向」、「高い倫理観」、そして「子どもっぽいという特性はアスペルガー症候群の人に非常によく見られる」、「無性の生き物。一種の中性生物」。

ここまで読んできたひとは、もう既視感ばりばりでしょ? ほんとに、ぼくはこの「傾向」に見事なまでに合致している。

モノをとことん大事にし浪費を嫌う。なにも捨てない(これって、ぼくの脳が「富」の概念が生まれる前のバージョンだから、って考えることもできそう。よって「浪費」や「独占」の概念もない)。バカ正直で、他人を自分の利益のために利用することにものすごく抵抗を感じる。

そして、見かけはおっさんだけど、中身は十四歳女子。草や花やきらきら輝くものが大好きな中年の乙女。

そう考えると、実は自由に書いてるように思えても、ぼくにはほんのわずかな裁量権しかなかったってことになる。がっちりとした因果律の中に組み込まれ、「これこれこういった人格の人間が書くべきこと」をただ書いていただけなのだと。

これってもはや、業《ごう》とか宿命みたいなものですよね(ほら、やっぱりこういった考え方が好きなんだ！　ただ、エピジェネティクスのスイッチング機能を考えると、このへんの縛りから、もしかしたら逃れることができるのかもって思うこともよくあります。けっこう気持ちは揺らいでる）。

「ディテールへの偏愛」と「倒置法」

　彼は自分の目に映るもの全てを、寸分漏らさず描こうとしていた。何も省略せず、何も加えない。そこには何の深意もアレゴリーも存在しなかった。哲学的解釈など必要としない、ありのままの情景があった。

「そのときは彼によろしく」

「モジュール《一貫しない》能力」に傾いてしまう――つまりは、ディテールへの偏愛。
全体を見るか細部を見るか。観光地に行って山並みや空を見るか、あるいは道端の苔《こけ》や虫をじっと観察するか。
もちろん、ぼくは後者です（ぼくは木の実拾いが大の得意です。落ち葉に埋もれているレアな木の実なんかも、同じ時間でひとの十倍ぐらいは拾い集めることができる。きっとマツタケ狩りとかも得意そう。意識がつねに全体ではなく細部に向かう。フィルターの目がすごく細かいんですね。サバンナよりはよほど密林向き）。

アーヴィング[*34]の『オウエンのために祈りを』の中で、主人公の高校教師が、こんなふうに生徒たちのことを嘆きます。

> 彼女たちが興味を持つのはキャサリンがどうしたのヒースクリフがどうしたのと、とにかくストーリーだけなんだ。もっと何かほかのものがあるんだけどね。
> 彼女たちが見逃すのはいつだって描写なんだ。重要ではないと思っているんだよ。

次のページに行ってもまだ同じことを嘆いているところを見ると、相当気になるようです。主人公は世代間のずれのように言っていますが、これがアーヴィング自身の思いだとすれば、やはり、「全体か細部か」の話とも読める。いかにもアスペルガー的な葛藤です。

話を筋や構造ではなく、もっと細かい部分、語彙《ごい》や言い回し、ひとつひとつの挿話こそが大事なんだって、そう思ってしまうこと。これはもう生理なんだから仕方ない（多くの文学的論争が、実はこの「生理」の違いから来てるんじゃないかって、ぼくなんかは思ってしまうんですが）。

文章そのものもそうです。

ぼくは自分の文章を「微小ブロック構造」って呼んでいるんだけど、イメージとしては、小さな言葉のブロックをしっかりと積み上げていく感じ。レンガ塀みたいな文体。日本の文学は、ぼくからすると、うねる川の流れのようで、読んでて目が回ってしまう。なんか摑み所がなくて、気付くとまた同じ行に戻ってる。

ぼくの脳は、この「日本的文体」を処理するための機能が著しく欠けている。なので、子供の頃から読む本は翻訳ものばかり。なぜか、こっちのほうが読みやすい。英語のほうが「微小ブロック構造」に近いってことなんでしょうか。翻訳されたあとでもその構造がしっかりと残ってて、だからぼくでも読める（英語は主語がしっかりしているから、って指摘されたこともあります）。

あと、余談になるけど、ぼくは興奮してくると、倒置法を頻発する癖があります。でも、それだって英語の文法なら、いわば「順置」なわけで、当たり前の書き方ってことになる。

古い脳だから、という理由なのかどうかは分からないけど、なんか原始人ぽいですよね。このしゃべり方って、日本語にすると。

オレ、書く、この順番で。

あるいは幼児的？　ちょっと、せっかちな感じもしますが（ぼくからすると日本語はのんびりとした印象がある）。

「いままで、本を最後まで読み通せたことがなかったんだけど、市川さんの小説で初めて、読み切ることができました！」って感想をよくいただきます。きっと、このへんにその秘密がありそう。だから、そういうひとたちには、「一度、翻訳小説を読んでみたら？」って勧めてます。

物づくり職人気質の遺伝子

すごい！　と彼女は言った。

「ほんとに宇宙を漂っているみたいな気分になるわ。神秘的ね」

ぼくは誇らしさに鼻の穴を膨らませながら星々を動かす仕組みの複雑さを彼女に

説明した。十五のギアとカムを使ってね、そう、それでね、ここのダイヤルを捻《ひね》ると、ほら、光の色が変わっていくんだよ——。

「こんなにも優しい、世界の終わりかた」

視覚に偏る傾向。

ぼくは「物づくり」が大好きです。家具、からくり玩具、玉転がしおもちゃ（マーブルマシン）、オリジナルの両眼視万華鏡、夕焼け製造器、立体ゾートロープ、はては名付けようのない奇妙なアナログ式3D劇場まで。物心ついた頃から、ずっとなにかをつくり続けてきました。

これはもう遺伝ですね。職人気質の遺伝子。

父方の祖父は文字書き職人。看板、旗、提灯《ちょうちん》、幟《のぼり》、よろず請負《うけおい》。ぼくが通っていた幼稚園の看板もお祖父《じい》ちゃんがつくったものでした。母方の祖父は大工の棟梁《とうりょう》。そして曽祖父も大工さん。母方の叔父は東宝の美術さんで、黒澤映画とかゴジラシリーズとか様々な作品に関わっていました。

ぼくの一族は、きっと頭に映像を思い浮かべながら考えるタイプなんでしょうね（ぼくも小説を書くときは、まずは映像が見えて、それを言葉に置き換えるって作業をしています。ひとりノベライズみたいな）。

映像優位でものを考えるから絵や図を描く仕事が得意。立体映像もやすやすと想像できるから建築もお手のもの。

それこそが職人気質遺伝子の正体なんでしょう（あと、組織に属するよりは、ひとりでこつこつ仕事をするのが好き、っていう厭世家気質も関係してそう）。


ぼくは子供の頃、いつも人間を足先から描いてました。すでに完成図が頭の中にあるので、どこから描き始めても同じなんですね。頭の中に気を取られてて、目の前にある画用紙をよく見てないから、絵が紙からはみ出してしまい、最後に頭や腕が切れちゃうなんてこともよくありました。

それに、ぼくは静止画だけでなく、動画も頭の中で自由に再生させることができます。

さらには、手のひらの上に架空のオブジェを置いて、それを三六〇度回転させるなんて芸当も。

脳内ＡＲ（Augmented Reality[*35] 拡張現実）、さもなきゃ自家製ホログラム？

なので、ものをつくるときも設計図は描かない。からくり玩具などは可動部分が多い

夕焼け製造器。覗きこむと刻々と変化する夕焼雲の立体映像が

オリジナルの立体ゾートロープ。鳥の羽ばたきが再現される

精密なジオラマの中にある極小の家の模型。縮小1／150

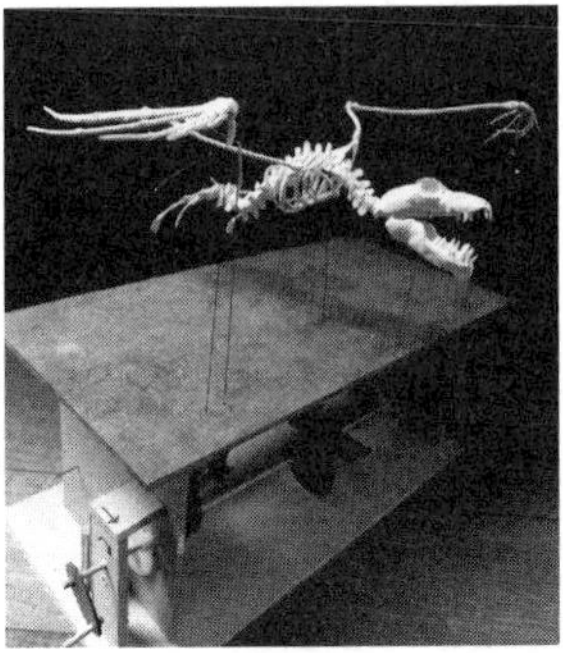

からくり玩具。緻密なカムの組み合わせでコウモリの羽ばたきを再現

ので紙の図面は不便なんですね。頭の中の立体映像なら、自由に歯車やカムやリンク機構を動かすことができるから、こっちのほうがよほど便利。

ぼくは、ほんとはクラフトマンになるべきだった。でも、なぜか作家になった。だからなのか、ぼくは小説を一本書くたびに、その都度、物語の中に出てくる玩具や模型を実際につくってみます。

そうやって、ようやく仕事が完成したって思えるようになる。

ときには長編一本書くのに一年、その中に登場したからくり玩具をつくるのにまた一年、なんてことも（玩具のほうは、まったく収入には繋がらないんですが、どうしてもつくらずにはいられない。これはもう職人気質人間の強迫観念《オブセッション》です）。

『こんなにも優しい、世界の終わりかた』を書いたときは、主人公の少年が好きな女の子に贈った「夕焼け製造器」って玩具をいくつもつくって書店員さんたちにプレゼントしました。

これは、ハンドルを回しながら小さな三角形の筒の中を覗《のぞ》くと、刻々と変化していく夕焼け雲の立体映像が見えるという、かなり不思議な装置です。

『壊れた自転車でぼくはゆく』を書いたときも、物語の中に出てくる、「鳥が羽ばたくゾートロープ」をいっぱいつくって、みんなに配りました。あまりにもつくりすぎて、

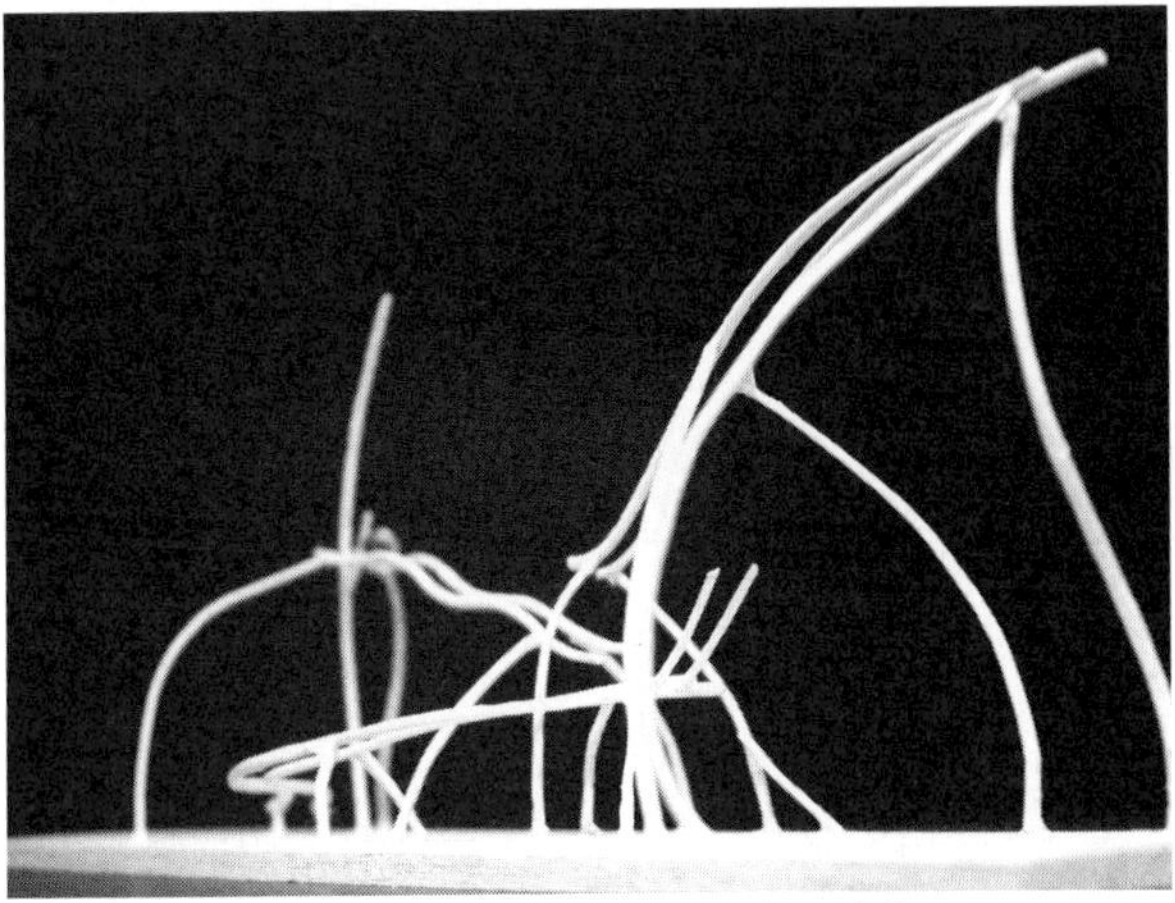

小さなスティール球を転がして遊ぶ、玉ころがしおもちゃ

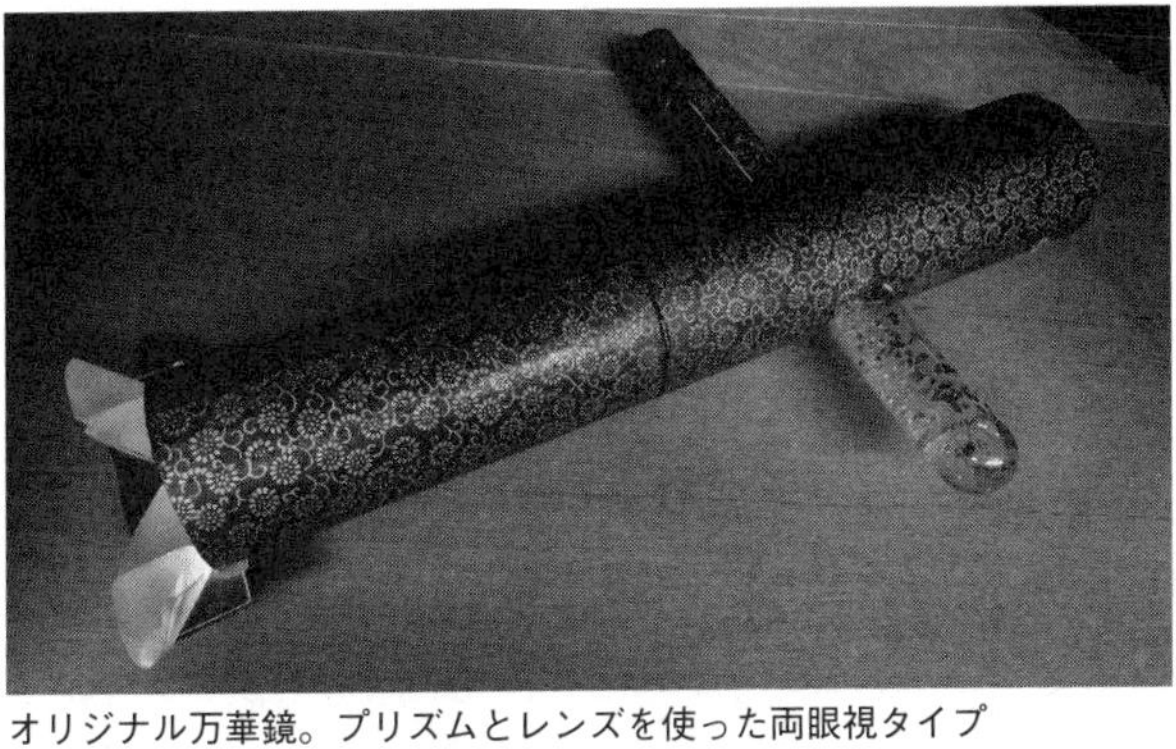

オリジナル万華鏡。プリズムとレンズを使った両眼視タイプ

いまも二十個ぐらい家に残ってますが（どうしても、やりすぎてしまう……）。

編集者さんや書店員さんたちからは「こんなことやる作家初めて見た」ってよく言われます。でも、ぼくにとってはそれがふつうで、つまりはそれって、本来は作家になるタイプの人間ではない、ってことなんでしょうね。文芸界でもやっぱりアウトサイダー。まあ、ぼくらしいですが。

ぼくは自分の本の表紙（『いま、会いにゆきます』）や、挿絵（『いま、会いにゆきます』、『そのときは彼によろしく』、『こんなにも優しい、世界の終わりかた』）や、ポップのイラスト（『壊れた自転車でぼくはゆく』他多数）など、絵を描く仕事もどんどん請け負ってます（というより、頼まれてもいないのに、勝手に描いて出版社に送りつける）。

そんなこともあってか、ぼくが絵を描いたりモノをつくったりすることが、だんだんと世に知れ渡っていって、やがては、いろんな雑誌に写真付きでぼくの作品が紹介されるようになった。すごく嬉しいです。

次の野望は個展を開くこと。ぼくの本と、それにまつわる絵や玩具や水草水槽なんかを展示して、そこで朗読会とかやったら楽しそう。私設博物館なんかもいいですね。玩

『壊れた自転車でぼくはゆく』発売時に
著者手作りで一部書店にまかれた販促POP

具博物館みたいなの。子供たちは喜びそう。

ぼくにとって、すべては一緒なんですね。

ぼくの心の中には、ずっと子供の頃からひとつの世界が在って、そこはとても穏やかで、優しくて、不思議に懐かしい場所なんだけど、それをぼくは様々な形で表そうとしているだけなんだ——夜眠りながら見る夢の中で、奇妙な幻想の中で、小説の中で、黒インクの細密画の中で、紙粘土のジオラマで、万華鏡の合わせ鏡の向こう、ガラス水槽の四角い森の懐で……。

つまりは、そういうことなんだと思います。

なぜぼくは恋愛小説を書くのか

生まれつき「人間関係を築くノウハウが欠けている」にもかかわらず、なぜぼくは恋愛小説が書けるのか？

上野一彦先生も、初めてお会いしたときは不思議そうにおっしゃってました。「なんで？」って。

本格ミステリーやハードSFのようなジャンル小説のほうが、まだしも向いているかもしれない。論理と情報が主題になっていることが多いから。あるいは感情を排した不条理小説とか、小説を書くことが主題の小説とか（まあ、どれも「情報」と「知性」のハードルが高すぎて、やっぱりぼくには無理だ！　ってことになりそうですが）。なぜよりによって恋愛小説？　人間関係しか出てこないのに。

ぼくなりの答えはいくつかあります。

まずは、例のテナガザル説。たしかに、たくさんのひとたちとの関係を築く能力はないけど、ミニマムな――恋人、夫婦、親子――関係であれば、ちゃんとその機能は備わっている。他人の顔や名前は覚えられないけど、奥さんの名前なら大丈夫（なはず。このないだ、子供の名前をど忘れして、ちょっと焦りましたが）。なじむのに時間はかかるけど、一般のひとたちのような恋し方ではなく、ぼくなりのやり方であれば、結婚だってちゃんとできる。

そして、そのやり方で結婚したカップルの物語を書いたらベストセラーになった。まわりからは、あの純愛そのものがファンタジーだって言われたけど、ぼくからすれば、あの小説はぼくなりの「自然主義（こちらは文学的な意味で）」小説です。ぼくという人間の奥底にある感情を赤裸々に綴《つづ》ったら、ああなった。いまでも、ものすごく誤解されているような気がします。

オランウータンタイプだったら、こんな小説は書かなかったでしょうね。森での孤独な生活を描いていたかも。チンパンジータイプだったら、ラブアフェアや組織での権力争いについて。

それぞれが、それぞれの興味と物語を持っている。

そして、もうひとつ。観察と学習ですね。脳を猛烈に働かせて、ふつうのひとが無意識にやってることを、ぼくは精一杯模倣している。

じゃあ、なぜ、それができるのか?

これにも、自分なりの回答があります。

幼い頃の環境、すなわち両親の存在がぼくにこの能力を授けた（これなんかも、かなりエピジェネティクス的。同じ遺伝子を持って生まれても、幼児期の育ち方でパーソナリティーに幅が生じる）。

べつに、テナガザルタイプ向けの英才教育をしたとか、そういうんじゃないです。むしろ、親たちはなにもしなかった。親らしく振る舞おうとか、啓蒙、教育しようとか、子供の手本になろうとか、そういったことはいっさい考えなかった。

びっくりですね。それでほんとにいいんだろうか?（いや、いいはずない。これはきっと例外です。いろんな要素がたまたま重なって、ぼくはぼくのようになった）

父は昭和の猛烈サラリーマン。営業職でしたから、月の半分は出張で家を空けています。それ以外の日はだいたい深夜帰り。週末は早朝から接待ゴルフ。なので、ほとんど顔を見ることがなかった。

それに、父もまたぼくのような人間なので、誰かを（たとえそれが自分の息子でも）啓蒙しようとか、けっして思わない。いいよ、いいよ、それでいいんだよ、って認めてしまう。

そうなると、あとは母です。あの破天荒な鉄火娘。だけど病弱。この奇跡の組み合わせが、絶妙な効果をぼくにもたらした。

擬似的な母子家庭で、かつひとりっ子ですから、ものすごく濃密な関係だった（とうぜん、ぼくはマザコンです）。

ぼくが五歳になる頃には、もう母とは精神年齢が逆転していたように思います。母はまるで童女のようだった。「たっくん、抱っこして」とぼくに甘えてくる。あるいは、ものすごい癇癪《かんしゃく》を起こしてぼくに手を上げる。わがままなお姫様。

そして、たいていは苦しそうに床に臥《ふ》している。

ひとは九歳になるぐらいまでは、まだ脳もできあがってなくて、どんどんと新しい神経回路がつくられていくんだって読んだことがあります。

そのあいだ、ぼくは、こんな不思議な女性とずっとふたりきりで多くの時間を過ごしていた。

この、肉体的にも精神的にも覚束《おぼつか》ない女性を守るために自分は生まれてきたんだって、五歳のぼくは、そんなふうに思い込んでしまった。

そのためには、早く大人にならなきゃいけない。どんな小さなサインも見逃さないような高性能のセンサーも備えなきゃ……。

ある種の危機感がぼくを覚醒させた？

この特殊な状況に見合うような神経回路がモーレツな勢いで形成されていく。

ぼくが、そう望んだように。


つまりは、これが答えです。きっとそう。

母がむせかえるほどの愛をぼくに注いでくれたことも大きかった（鬱陶《うっとう》しいほどのスキンシップもしかり）。両親そろって、「教師生活始まって以来の問題児」と言われたぼくを否定しなかったことも。

学校でどれだけ叱られても、ふたりは「先生のほうが間違ってるんだよ」と言ってくれた（ただ、倫理に反することをすると、思い切り叱られましたが。そこだけは徹底して厳しかった）。

規則のための規則なんてクソくらえ。もっと派手に、もっとでかいことを！　っていつも母はぼくに言っていた。

そしたらば、ぼくはとてつもなく強い自尊心を手に入れ、世界をしっかりと観察するためのセンサーも持てるようになった。

そしてぼくは、なにを否定するでもなく、ただそばにいるひとを気遣い、いたわり、愛し、尊敬する男女の物語を書く作家になった。

愛とは、生きてほしいと強く願うこと。

分かりやすいですよね。

古い脳を持つから、自然に惹かれる

自然や超自然に惹かれること。

これもまた、古い脳だから、と考えてみる。

水や植物が好きだっていうのは、もう説明の必要はないですよね。古いバージョンの脳が森を恋しがっている。ある種の郷愁。大都会の摩天楼が舞台なのではなく、森や川や湖が物語の背景となる。

星や月や雲を眺め、それを美しいと思う。大自然の壮大さに畏《おそ》れの念を抱き、言葉にならない感動に打ち震える（これって、ぜんぶ人間がサルだった頃からそこにあって毎日目にしてきたものばかり。人間の古い脳と直にリンクしていた光景）。

これはもうアニミズム[36]ですよね。素朴な宗教観。八百万神《やおよろずのかみ》とか精霊とかそんな世界。先祖返りしたぼくのような人間は、ひとがサルに近かった頃の目で世界を見てる。自然と超自然とが溶け合ってなんともいい気分（誰にだって、この感覚はあるのだから、あとはその濃度ってことになる。夕焼けを見ると胸が騒ぐなんていうのは、太古の太陽信仰にかなり近いのかも。でもまあ、最近のひとって空を見上げなくなりましたよね。みんな俯《うつむ》いて自分の手のひらばかり見てる）。

前のほうでも書いたけど、高エネルギー状態になると、あらゆるものの区別がなくなって、すべてはひとつに統合されてしまう。人間の脳にもこの物理学の原理がメタファーとして使えそうな気がします。

興奮すればするほど、脳のバージョンが古ければ古いほど、あるゆる垣根がとっぱらわれてごちゃまぜになっていく。まさに超自然。昔はそうやって世界を見ていた。ひとはひとになって、いろんなものを区分けするようになった。ジャンルつくってタグ付けして。そういうのが得意。いわばデータベース的。直感は休眠中。

過度に興奮してくると、古い脳が優位になる。前頭葉あたりの働きが弱まって、意識が系統発生を遡《さかのぼ》り始める。サルからもっと原始的なほ乳類、さらには両生類、魚類、単細胞生物、そしてついには無生物へ。

石の心で見る世界。ときおりそんな夢を見ます（自分が壁になった夢とか）。

夢の中の狂気

ああ、またこの場所に来た、とわたしは思う。そして、ここここそが自分の居場所なのだと感じる。郷愁。母の子宮の中で見た遠い夢。

「白い家」


興奮が高まるとともに曖昧になっていく境界。

夢と現実の境もそうです。

ぼくの感覚としては、夢の世界はちゃんとそこに「在る」んですね。

幼い頃からずっとそうでした。いつも夢から醒《さ》めると思うんです。「ああ、またあの場所に行ってきた」って。眠りに落ちるたびに訪れるもうひとつの故郷。

夕暮れのように薄暗く、どこまでも静謐《せいひつ》な世界。湿原を縫うように流れる細い水路。振り仰ぐと古びた跨線橋《こせんきょう》が灰色の虹のように空に架かっている（ある夢では、逆にこの跨線橋から、はるか眼下の湿原を見下ろしていたこともあります）。

深い森の中の小径《こみち》。点在する古い農家の家屋敷。そこにもまた水路があって、見ると清明な流れの底で海松《みる》色の水草がそっと身を揺らしている……。

どういう脳の仕組みなのかは分からないけど、その場所は絶対に在る、ってなぜか思ってしまう。

目覚めたあとも、ずっとその場所のことを思い返しながら一日を過ごす。なんとも言えない郷愁が胸を熱く満たしている（亡くなった母や叔父たちもそこにいる）。

ひとつ大事なのは、この夢の世界が、ここととはまったく違う手触りを持ってるってこと。分かりますか？　現実の世界とよく似てはいるけど、同じ町や同じひとが出てくるけど、でもぜんぜん違う。

雰囲気、手触り、質感。あるいはもっと本質的な存在のあり方。それが夢の世界にある種の凄《すご》み、霊的なオーラを与えている。

ぼくなんかは、そんな夢こそが、ひとが言うところの「天国」ってやつの正体なんじゃなかろうか、なんて思ったりもしますが。

J・アラン・ホブソンの『夢に迷う脳　夜ごと心はどこへ行く？』（朝日出版社）という本があります。彼は睡眠研究の第一人者。

ホブソンは、「ひとは夢を見ることによって狂気から守られている」と主張しています。あらかじめ（夢の中で）狂気に陥ることによって正気が保たれる。狂気であるわけですから、当然、夢には失見当識《しつけんとうしき》*37が伴います。

もう、なんでもあり。

ぼくは壁になり、火花を散らしながらマッハ50で闇を滑る金属塊になり、ブロンドの少女になり、幽霊になり、両性具有のコロポックルになり、草や花になる。種付け牛にバージンを奪われ、ショックでさめざめと泣いているメス牛になったこともありました。あのときは、ほんとに悲しかった。

世界の終わりの夢も頻繁に見ます。火か水ですね。これも原始の記憶なのか。石礫《いしつぶて》が降り注ぐ夢。あるいは空が落ちてくる夢。全天が目映《まばゆ》い光に満たされる夢（夢じゃないんだけど、静かな薄暗い場所にいるとき、ふっと目の前に光り輝く美しい幾何模様が見えることがあります。サークルとか光るグリッドとか。ＬＡあたりの夜景にも似ている。それこそ曼荼羅図《まんだらず》みたいなの）。

四万年前に描かれた洞窟の壁画にもそんな模様がたくさんあって、それってご先祖様たちが麻薬でハイになりながら描いたものなんだそうです。

「チューリング不安定性」*38と呼ばれてて、脳の細胞構造によく似た「神経パターン」が見えてるってことらしい。ぼくが異常なまでに万華鏡に入れ込んでいるのも、ここになんか理由がありそうな気がします。

こういった夢から目覚めたときは、ものすごく心悸《しんき》亢進《こうしん》してて、耳元で「ピンッ、ピンッ」って、なんかオルゴールの櫛歯《くしば》をミュートしながら弾いたような音が聞こえます。こんな奇妙な幻聴もあるんだなあ、って思ってたら「側頭葉[*39]てんかん発作」ではよく見られる症状らしいです。聴覚野に近い場所が異常興奮しているから、ってことなんでしょうか。


夢も振り幅ですね。ものすごく静謐な夢を見るときと、とてつもない興奮を伴う夢を見るときのツーパターンあって、日常の延長のような夢が一番少ない。奥さんに訊くと、「ふだんのなんてことない夢ばかりよ」って言うから、そっちが普通なんでしょうか。狂気から距離があるほど、夢の重要性は薄れていく。

不眠症になると、このベントシステムがうまく機能しなくなって、ちょっと危険です。ぼくは寝付きも悪いし、眠り自体も途切れ途切れの、いわば闇に引かれた破線のような睡眠なんですが、その分ひと晩に十も二十も夢を見る。現実を凌駕《りょうが》するほどの質感を伴った、すべての法則から完全フリーの、それこそ夢のような夢。

あまりにもリアルなものだから、目覚めてからの現実世界の窮屈さが、逆に嘘くさく感じられてしまう。ぼくらはほんとは空を飛べるし、男にだって女にだって、石にだってなれる——そんな気がしてならない。

いわゆる「胡蝶《こちょう》の夢」気分。主観的には夢と現実が逆転している。

小説は夢の代替行為

あるいは「想像」、「妄想」があります。

これがまた不思議なリアリティーを持っている。ぼくは十代の頃、ずっと妄想の中で「ある場所」に行ってました。

ときは夕暮れ。ツーリングの途中に立ち寄った坂の多い新興住宅地。そこでぼくは犬を散歩させているひとりの少女と行き会います（ベタな設定。十五歳の少年の想像なんてこんなもんです。のちに、自分の小説にも幾度かこの場面を形を変えて登場させました）。

なんということはない束の間の交じらいなんだけど、甘く切ない郷愁にも似た思いが胸を締め付けます。

ぼくはきっと、この想像上の少女に恋してたんだと思う。何度も何度も、繰り返しぼくはこの短いシーンを再現し続けました。エンドレスで奏でられる美しい音楽のように。

そしたら、なにが起こるのか？

なんとあの出来事が、ぼくの中で現実となんら変わらない思い出となったんですね。いまでもときおり、ふっと懐かしく思い返し、彼女はどうしてるんだろう？　と思う。で、ああ、と気付くわけです。そうだ、あれは想像の中の出来事だったんだ、って。

実は、たいていの現実の思い出よりも、こっちのほうがよほど懐かしく感じられる。脳の記憶に関する機能になにか理由があるのかもしれません。


夢もそうです。夢を現実のように思い返す。

みんな「これって夢で見たことだっけ？」みたいに言いますもんね。ぼくもよく古い夢を思い返します。痛むほどの郷愁。いまとなっては、それが夢だったのかどうかも、さだかではなく……。

過ぎてしまえば、現実も、夢も、妄想も、みんないっしょ。


そして、小説もまた。

（ある種の）小説は夢や追憶の手触りによく似ています。小説は夢を見ることの代替行為であると考える。現実から数十センチ浮遊している感覚。それを読むのは、目覚めながら見る夢のようなもの。すべてが記憶を種につくられるのなら、これらが似ているのは当たり前のこと。

夢を見るように小説を書く。夢と小説の相似性。妄想。失われた記憶をつくり話で補うこと。結局、この辺をぐるぐるまわっているような気がします。


ホブソンによると、夢の大きな特徴は「入力情報が内因的であること」なんですね。夢っていうのは非取材的なんです。ソースは記憶のみ（ある編集者さんが、水槽と植物と玩具で埋まっているぼくの書斎を見て、「資料はどこに置くんですか？」って不思議そうな顔で訊くから、「ぼくは資料は見ません。書くのは全部頭の中にあることだけ」って答えたら、ちょっと引かれてしまいました。非常識だったのか）。

こういった小説作法ですから中心もテーマもない。時代性も、思想も啓蒙もない。既存のフォーマットを参照することもない。

夢が一夜の狂気であるならば、小説もまた……。

現在と過去が交錯する「追想発作」

現実が夢や妄想と混じり合い、それが記憶の中では同じ重さで並んでいる（小説もしかり）。

さて、ここからがさらに奇妙な話。

ぼくの中では、この過去の記憶っていうのがまた特殊で、いまのこの瞬間とすっかり混じり合ってしまっているんですね。過去と現在の境が綻《ほころ》びかけてる。

それって、どういうことか。

熱はわたしに不思議な追憶の発作をもたらした。追憶にはなんの映像も音もなかった。あるのは感情だけだ。遠い過去の自分が不意打ちのように現れてわたしに憑《ひょう》依《い》する。それは実に奇妙な感覚だった。（中略）いつとは知れぬ過去のある日、ある瞬間の感情が突然わたしの中に入り込んでくる。不思議なのは、それが他の瞬間とははっきりと区別できるということだ。十二歳の春の雨の日の午後にわたしの心に宿ったもの憂い気分は、十三歳の秋に感じていたそれとは断じて違う。心とは一回性の現象なのだ。

蘇る感情そのものは、たいていがごくありきたりで、とことん日常的だ。（中略）なのに、そのどうということのない過去の感情が心に吹き込まれた瞬間、わたしはあまりの懐かしさに息をすることさえ忘れてしまう。

それはどう考えても行き過ぎた感情だった。病的なまでに過剰なノスタルジー。こういった形でしか行き着くことのない、ぎりぎりまで極められた郷愁。

「壊れた自転車でぼくはゆく」

三十を過ぎた頃、何度も高熱に襲われて入退院を繰り返したことはもう言いましたよね。その頃からです。なんとも奇妙なこの「追想発作」に襲われるようになったのは(脳神経のハンダ付けが溶けて、回路が混線してしまったのかも)。

鮮明な映像を伴うフラッシュバックとは違います。ぼくのほうは感情主体の郷愁発作(フラッシュバックのほうが一般的なことを考えると、ぼくはひとより感情を司る部位が優位に働いているのかもしれません)。

発作が起こると、五十三歳であるいまの自分と、十四歳のある日、ある瞬間の自分とが完全に重ね合わされてしまう。意識の奇妙な二重性です。

視覚や聴覚は完全にシャットアウトされています。なんの情報もないまま、ただ感情(というか、過去のある瞬間の脳の発火パターン。つまりは意識？)だけが強烈に蘇ってくる。同時に湧き起こる甘く切ない郷愁。

ひどいときには、これが日に数百回も襲ってきて、そうなると、いまと過去とがすっかりごちゃ混ぜ状態になってしまう。時間の概念がどんどんと曖昧《あいまい》になっていく。

ぼくにとって、この「郷愁」の感覚はとても大切です。自分だけの宗教といってもいいくらい。小説の大きなモチーフにもなっています。

自我が生じる以前の世界

サル、あるいはもっと原始的な生物まで遡っていくと、「自我」というものが、だんだんと曖昧になっていく（んだと思います）。

自分と世界が溶け合っていく感覚。深い森の中に身を置いていると、堅く凝った自我がときほぐれ、拡散し、まわりの木々と一体化してしまう。我と彼の境がなくなり、もうなにがなんだか。

これって実にアニミズム的。昔のひとって、みんなこんな感じだったんでしょうかね？

脳が興奮して、潜在意識が出ばってくると、その感覚がどんどん強くなっていく。ぼくの最初の小説『VOICE』は、まさにそんな話。

主人公の青年は、愛する女性の心の声が聞こえる「壊れかけたラジオ」のような存在。ふたりの自我は溶け合い、相手の心の声がまるで自分の思いのように感じられる。

彼女は彼女で主人公のことを、「限りなく延長された先にある自分の一部のように感じる」と言ってます。彼に触れると「まるで、右手で左手に触れたみたいな気分になる」と。

この感覚。

ぼく自身がそう感じているから、このように書いた。

口にする前の言葉さえをも感じ取り、これは自分の鼓動なのか、それとも彼女が奏でるリズムなのか？　と不思議に思う。

この辺の自我が溶け合う感覚は、なんとも言えず甘美で、いつまでも浸っていたいと思ってしまう。


こうなると、原始宗教と夫婦愛が似通ったことのように思えてくるから不思議。

けっきょくは境界の喪失、そこに行き着く。自我が生じるもっと前の原始的な生物の目で世界を見ること。

それがなぜか気持ちよく、ときには至高体験と呼ばれるような、とてつもない昂揚《こうよう》さえをも呼び起こす。

人間をやるって、けっこう大変なのかもしれませんね。この窮屈な着ぐるみを脱いだときの爽快感と言ったら！

生者も死者も等しく存在する世界

さあ、かなりいろんなものが混じり合ってきましたよ。

夢、現実、妄想、小説、追想、現在、過去、わたしとあなた、わたしと世界。

さらには、これに「生と死」が加わります。これ大事。

興奮して古い脳が優位になってくると、この境がどんどん曖昧になっていく。そもそも、下級（どういう定義かにもよるけど）の生物には「死の概念」がないっていいますもんね。

ないものを区別することはできない。生きている者も、死んでいる者も、みんな等しくそこに「居る」。

うちの父親は、ずっと亡くなった母とともに暮らしています。

昔から父は「幻覚体質」で、いろんなものが見えちゃうひとだったんだけど、それがいい感じに作用して、なんだかとっても幸せそう。父がうつらうつらしていると、母が父の額を指で突《つつ》きます。「お前か？」と訊ねると「そうよ、わたしよ」と彼女が答えます。そんな新婚みたいな日々。

叔母もふつうに亡くなった叔父たちが見えるって言うし、うちはみんなそんな体質。だからこそ、ぼくは『いま、会いにゆきます』で死んだはずの妻が還ってくる話を書いた。

ちゃんと理由がある。アイデアのためのアイデアではない。切実な思いがあってこそ、はじめて魔法は可能になる。

『そのときは彼によろしく』では、夢の世界に暮らす死者たちの話を書きました。そこは「青い鳥」のような思い出の国でもあります。生と死、夢と現実、現在と過去がない交ぜになった世界。

　こういうのを[*40]マジックリアリズムと呼ぶひともいるけど、それは「技法」なんかじゃなく、まずは創作者の心象風景が先にあってこそ。

　そのように世界を見ているから、そのように物語を描く。


　ガルシア＝マルケスの『百年の孤独』を読んだとき、「ああ、このひと、こっち側のひとだ」ってすぐに思いました。いま言ったようなやりかたで小説を書いている。なにげないところです。ほんの小さな描写、ディテールで分かってしまう。

　それをなんと呼ぶのかは自由だけど、とにかく「あのやり方」。見えてるものを描いている人間の凄み。

　マルケスこそが、「あのやり方」業界のトップに君臨する大親分です。

　そして、おそらくは宗教的な物語、神話や民話、おとぎ話なんていうのも、こんな感じで語られたんじゃないかと。

直感で物語に置き換える「トランス体質」

無意識の大海原に広がる世界。これはもう物語の宝庫です。

脳の興奮が高まり、古い脳が優位になる。ひとは猿に還り、魚に還り、ついには一握の砂に還っていく。


そのとき見聞きしたものを、まわりのひとたちに語る――それこそがシャーマン[*41]とか巫女《みこ》って呼ばれるひとたちの仕事なんじゃないかって、ぼくは思ってるんですが。

いわゆるトランス体質のひとたちが、究極まで高まったセンサーで捉えた情報を、古い直感で物語に置き換えていく。

メタファーとか象徴主義[*42]とか、そんな語り方で。

だって、無意識っていうのは、言葉が生まれる前の世界だから、それを語る言語はないんですね。だから、いろんな宗教がそれを香りや旋律で伝えようとしている。そっちのほうがよっぽど真理に近づきやすい。

仕方ないので、語り部は、それをなんとか言葉に翻訳しようとする。

まわりのひとたちからよく「市川さんはメタファーを多用しますね」って言われるけ

ど、それもまた生理です。技法ではない。そのように世界を見ているから、そのように語ってるだけ。

おそらく、五感で感じたイメージで伝えたくなるんでしょうね。

さらには共感覚的な混乱もある。そうした五感をごちゃ混ぜにしたような比喩が、こういった人間の日常言語になる。

もどかしいですけどね。「この感覚、伝わらないんだろうなあ」って思いながらも、なんとか普通の人の理解できる言語に近づけようとする。

読者のほとんど、編集者さんでさえ、置かれている象徴に気付かない（びっくりすることに、うちの奥さんはものすごく気付きます。無意識で書いているために、ぼく自身が気付いていないような象徴にも彼女は気付く。これって、つまりはこういうことだよね？　ほんとだ！　みたいな。面白いですねえ）。

前意識――「フロイト的」と「ユング的」

無意識、っていうか前意識？　とにかく意識する前の思考。

これにはふたつあって、フロイト[*43]的とユング[*44]的って分けることができるような気がします。彼らの専門は、それぞれヒステリーと統合失調症だから、ちょっと扱う分野が違う。そこに便乗して、勝手にネーミングに使わせてもらいます。

脳の興奮が高まると、たぶん前頭葉あたりのブレーキが利かなくなって、目覚めながら夢を見るようになる。

フロイト的興奮は、ぼくが思うに、そのひと自身の歴史を掘り返すことになる。個人的なんですね。

なんにしても、ブレーキが利かなくなって、抑えていた感情が溢れ出すわけですから、それはもう自由連想法をやっているようなもの。

ほんと、執筆って自己治癒なんだって思う。そして、同じような思いを抱えているひとがそれを読むと、やっぱり癒やされる。

大事なのは、無意識（前意識）だってこと。これはびっくりですよ。

書いている自分は、まったく気付いてないんだから。十年前に書いたものを読み返して、「ああっ、これってまさにあのときの不安を映した話じゃない」みたいに驚く。

自動書記ってよく言うけど、それがこの手の作家のデフォルトです。意識して書いているときは、無意識時の自分のフォロアーでしかなく、しかもフォロアーとしても三流以下です。読めたもんじゃない。才能ないから、あんた引っ込んでなさい（笑）。

すごいのは知らない単語を連発すること。意識の上では知らない言葉でも、たとえば三十年前に読んだ本の中で一度だけ目にしていて、脳の深い部分には記録されている。

無意識は、そんなアーカイブにアクセスできる。

自動書記のいいところは、意識している自分はただの傍観者でしかないってこと。楽なもんです。「あれえ、こいつ、こんなこと書いてら」みたいにモニター眺めてる。

タイピング用とは別の手があれば、それを使って飯でも食べてりゃいいんです。別の目があればマンガ読んででたっていい。靴屋に現れる真夜中のこびとみたいに、無意識が勝手に仕事（というか自己治癒のための発掘作業）をやってくれるから。

無意識に自分の過去を書いている

ある先生から、「あなたはきっと、自分の小説を読み返すタイプでしょう?」って言われました。まさに!

ぼくは世界一の市川拓司小説ファンです（まあ、断言はできないけど）。何度も読み返してる。そのたびに泣く。なんていい話なんだ!　と感動する（昨日も『弘海《ひろみ》』読み返して、しゃくり上げるほど号泣）。

ぼくからすれば、どこかの誰かが書いた小説のようにしか思えない。しかも、すごくぼくのことを分かってくれてる。もう、熱狂的ファンになるしかない!

おそらく、一般的な作家さんから見れば、ぎょっとするほどの不気味さかもしれない。なんてはしたない自慰行為。ぼくは日頃から「小説は生理現象」と言ってるから、なんか自分が放ったおしっこをうっとり眺めてるみたいな？　でも、まあぼくはこうだから仕方ない。

　先生曰く、ぼくのような作家はルシファータイプ[*45]っていうんだそうです。全能感が強く、ナルシスト。オプティミスト、ロマンチスト。逆はアーリマンタイプ[*46]。まあ、すべてその逆です。自分の小説なんか読み返したくもない。自分が吐いたゲロを見るみたいなもんでしょ――って言うかは知りませんが。


　で、話を戻すと、フロイト的無意識状態のときは、自分の歴史を振り返る。言い出せなかった言葉、叶わなかった夢、ずっと不安に感じていたこと、そんなことをつい書いてしまう。

　あまりにも多くてその解説だけで優に一冊の本になってしまうので、一番有名と思われるエピソードを、ひとつだけピックアップします。

『いま、会いにゆきます』で、幽霊となって還ってきた澪《みお》に、息子の佑司《ゆうじ》が涙ながらに言う言葉。


――

「ぼくのせいでしょ？」

「ぼくのせいで、ママは死んじゃったんでしょ？」

　ごめんなさい。

「ずっと、あやまりたかったの。ごめんなさい」


——


澪が自分の出産時に身体を壊し、それが原因で亡くなったことを彼は知っていた。書いていたときは、まあ、なんとなく。家族も誰も気付かない。

でも、数年経ったある日、突然気付くわけです。

「うわ、これってぼくとお袋のことじゃん！（実際には、母は澪よりもずっと長く生きてくれましたが）」

それはもうびっくりです。なにがって、気付かなかったことに。こんな露骨に書いてるのに。


ぼくの脳はつらい記憶を封印するようにできています。いやな過去は忘れる。さもなきゃ、記憶歪曲《わいきょく》装置を使って美化する。おそらく、それがぼくの多幸感の理由。平均以上にしんどい人生を送るべく運命付けられた人間に備わった自己防衛システム。

だけど、感情（この場合は罪の意識？）は外に出たがっている。それを小説を書くという行為でリリースしてあげる。

すごいな小説、っていうか無意識。これってもう、一流のカウンセラーじゃないですか。無理強いせず、そっと促《うなが》し、心のつかえを取り除く。

ぼくの小説は、すべてがこの形で成り立っています。その表れ方は不気味なほどです。本人がまったく意識しないままに、「それ」はぼくの指を勝手に使って、封印されていた過去の感情を暴き出していく。

だから、少し距離を置いて自分の小説を読んでみると、過去のどんな出来事に自分の心が囚《とら》われていたのか、いまさらながらに思い知ることになります。

ああ、すっかり忘れていたけど、ぼくはこのとき、あの言葉に、こんなにも傷付いていたんだなあ、とか、そんなふうに。

過酷な運命に打ち勝つための強力な自我

もうひとつが、ユング的のほう。

ユングっていうと、すぐ思い出すのが、ジェイムズ・ジョイス[*47]と娘の話。これが実に興味深い。

ユングと知り合いだったジョイスは、あるとき、統合失調症を患っていた娘さんを彼に診てもらうんですね。で、診察が終わったあとで訊くわけです。

「どうだい？　うちの娘はすごいだろう？　才能はわたし以上かもしれない」

するとユングは、こう答えます。

「いや、あなたは、自分の深いところに潜っていくひとだが、娘さんは、ただ溺《おぼ》れているだけだ」

ずっと昔に読んだ話なのでうろ覚えですが、まあ、だいたいはこんなふうだった。

これを「客体化」の話と読むこともできる。

無意識の底に沈んだ自分に没入しきってしまうか、あるいは、もうひとりの自分がそれを冷静に見つめているか。

アーヴィングが『あの川のほとりで』（新潮社）という小説の中で、やっぱり同じようなことを言ってます。

とてつもない感情の嵐が渦巻いているその最中でさえ、それを冷静に眺めているもうひとりの自分がいて、眼前の出来事を記述しようとしている。それこそが作家の資質なんだ――うろ覚えなのでそうとうにいい加減ですが、おおむねそんな趣旨です。

ああ、と目から鱗《うろこ》が落ちる。そういうことだったのか。なぜなら、ぼくもずっとそうだったから。なにかつらいことがあると、それを距離を置いて眺めているもうひとりの自分が現れて、そいつが勝手に頭の中で語り始めるんですね。

「だが彼は、その先に待ち受けている運命をまだ知らなかった……」

なんか、ドラマのナレーションみたいなの。客体化。

ある先生は、それこそが自我の強さなんだ、とも言ってました。自我の弱い人間は、感情の嵐に溺れてしまうが、あなたはそうはならない。

それがまた作家の資質であるならば、なおありがたい。

親には感謝ですね。はたからは傲慢に見えるほどの特別あつらえの自負心。それを両親は大事に大事に育ててくれた（というか、彼らはなにもしなかった。ただ愛してくれただけです）。過酷な運命に打ち勝つための強力な自我。

これがあるお陰で、どれだけ脳が活性化してもぼくは溺れずにいられる（いまのところは）。しなやかな神経束製ライフジャケット。

そしてぼくは古い脳へ、意識の深層へとダイブしていきます。

そこは未分化の世界。古い脳が見せる太古のヴィジョン。

ユングならば集合的無意識と呼ぶだろうし、仏教徒なら[*48]阿頼耶識《あらやしき》と呼ぶかもしれない。どこまで先祖たちの記憶が引き継がれるのかは分からないけど、まあ、記憶と呼ぶよりは「そういう物語をつい語ってしまう心の傾向」ぐらいが妥当なのかもしれません。

これがちゃんと古い脳の中に残されていて、ぼくらは何度でも同じ夢を繰り返し見続ける。

宗教的、神話的、おとぎばなし的ストーリー。語り尽くされてきた物語を活性化された脳が今日もまたどこかで綴ってる。

たぶん、それがマジックリアリズムやファンタジーの真の正体だし、ジ[*49]ェームズ・キャメロンの映画の正体なのかもしれない（これは世界共通言語なので、どの文化でも受け入れられるんですね。彼のヒットの原因はそこにあると、ぼくは睨《にら》んでるんだけど、どうなんだろう？）。

「死者との再会」を繰り返し書く

ぼくの作品も、ぜーんぶそんな話ばかり。神話というか昔話というか。

『VOICE』はひとの心の声が聞こえる話。[*50]山父《やまちち》みたい。『Separation』は妻が若返っていく話。これも昔話にありますね。

『いま、会いにゆきます』は、死んだ妻がよみがえってくる話。これはもう定番中の定番。いわゆる幽霊譚（のひねり）。『そのときは彼によろしく』は、ぼくなりの「天国」をつくり上げた話。つまりは宗教ストーリー？

『弘海《ひろみ》』は市川版「ノアの方舟」。いずれ大地が水に沈むとき、そこに適応した子供たちが新しい世界をつくっていくって話（の序章）。

『吸涙鬼《きゅうるいき》』は、ちょっと[*51]夢魔《インキュバス》っぽい話。神話にいっぱい出て来ますね。

『こんなにも優しい、世界の終わりかた』は、まさに世界の終わりの話。黙示録。凍り付く人間たちはロト[*52]の妻のイメージ（旧約聖書だ！）。

『壊れた自転車でぼくはゆく』は、ラストがもう完全に臨死体験。[*53] ぼくは、何度も何度もしつこくこのエンディングを描きます。死者との再会。もう、これだけ描いてりゃいいんだ、みたいなところさえある。

母を亡くすかもしれないというぼくの個人的感情と、死者との再会を願う普遍的、神話的、宗教的感情とが、ここでは綺麗に重なり合ってる。フロイトとユングの合体。これは強い。強烈な強迫観念《オブセッション》になって当たり前。描かずにいられない。

臨死体験のヴィジョン――強力な強迫観念《オブセッション》

いまはもうここにいない誰か、二度と帰らない懐かしい日々、遠い彼方に置いてきた故郷の町――それをこい願うことは、少年の頃に感じていた永遠の憧憬、けっして手の届くことのない憧れびとへと寄せた、あの泣きたくなるような思いと、根の部分ではすべて繫がっているんじゃないのかな？

望郷も、旧懐の情も、そして祈りさえもが、すべては実らぬ片思いとなって、ぼくらの心に甘く切ない思いを残してゆく。

「壊れた自転車でぼくはゆく」

さあ、ついに辿り着きました。臨死体験。ひとが人生の終わりに見る壮大な物語。これを一番語りたかった。ぼくが書く小説のほんとの正体。

コニー・ウィリス[*54]の『航路』ってSF小説があるんですが、これがまさにNDE（Near Death Experience 臨死体験）がテーマの物語。科学者たちが薬物の力を借りて自ら疑似臨死状態に陥って、その世界を探っていくって話。すごく面白いですよ。で、読んでて気付いたんですが、臨死状態って、けっこうぼくの過剰興奮状態と似てるんですね。

脳は自分が死に瀕していると察すると、なんとかそこから逃れようとして、ホルモンの大放出を始めます。

「眠るんじゃなーい！　起きろ！　眠ったらお終いだぞうっ！」てな感じで。永遠の眠りに就きかけてる肉体に、自前のカンフル剤をばんばん打ちまくるわけです。

もう、分かりますよね。ああ、ぼくって、いつもこの臨死状態に近かったんだ。

ぼくが夢や幻想で見るあの世界は、実は臨死体験とよく似たヴィジョンだった。

だから筋もよく似ている。死者たちとの再会。どこか宗教的な多幸感。光の横溢《おういつ》（「チューリング不安定性」覚えてますか？）、なにか大きなものと繋がる感覚（まさに境界の喪失）。

すごいなあ。ほんとに、そういうことなんだろうか？（このとんでもない妄想について来られてますか。大丈夫かな……）

ＮＨＫの番組で[*55]立花隆《たちばなたかし》さんが臨死体験についていろいろ取材してましたよね。その中で印象的だったのは、臨死体験は別に特別な現象なんかじゃなく、誰もが人生の終わりに経験することなんだって話。しかも、そのひとの人生の中で、もっとも大きな幸福を感じる瞬間でもあるらしい。

まあ、考えりゃそうですよね。消えゆこうとしている命の炎をなんとか灯し続けようと、脳は気前よくいろんな幸福ホルモンをばらまくわけですから。報酬系が活性化して、それはもう天にも昇るようないい気分。

さらには、こんな新しい報告もあります。

米カニシアス大学の研究チームは、ホスピスなどで終末期医療を受けている66人の患者から夢について聞き取り調査をした。（中略）

患者は見た夢をリアルなものだととらえる傾向にあった。既に亡くなった友人や親類が登場する夢は、生きている友人らが登場する夢よりも強い安らぎを感じ、患者が死に近づくにつれこうした夢が多く見られていたという。

治療に伴う幻覚ではという指摘もあるが、研究チームは「幻覚は非現実的で無意味なものだが、こうした夢は安らぎがあり、リアルで、意味のあるものだ」として異なるものだと結論。死の直前にある人のクオリティーオブライフ[*56]の改善につなげられるかもしれないとしている。

成果は緩和医療の専門誌「Journal of Palliative Medicine」に掲載された。

（「ITmedia ニュース」二〇一五年一一月六日）


ひとは、死に近づくと死者との再会の夢を頻繁に見るようになる。シャーマン体質の人間もしかり（ぼくは自分が死ぬ夢もよく見ます。その先の世界まで行くこともある。言葉では説明することのできない、きわめて奇妙な世界です）。

そして、それは死の苦しみを和らげる大きな癒やしとなっている。


これだあ！　ぼくの強迫観念《オブセッション》。母の死をつねに恐れながら育ったぼくは、ひと一倍死に対する感受性が強くなった。死に瀕している老人のように、ぼくはその苦しみから逃れるためのすべを求めていた。そこに、うまい具合に臨死体験のような過剰な脳の活性が重なって、ぼくは神話的な物語を自分のために語るようになった。自分のための宗教。

人生の終わりに見る走馬燈の幻影をぼくはずっと書き続けてきた。

それが『いま、会いにゆきます』であり、『そのときは彼によろしく』であり、『こんなにも優しい、世界の終わりかた』であり、『壊れた自転車でぼくはゆく』であると。

臨死体験はただの幻想なのか。それともほんとになにか超自然的な出来事が起きているのか？　それを確信を持って語るのは難しいですよね。

ただ、この体験はきっと人間にとってすごく重要なんだろうなって思うことはあります。前にも書いた夢イコール天国説。その集大成ですもんね。

ぼくらはみんな誰もが小説家なんだって考える。

人生の終わりに見る夢は、たったひとつの作品で、そのためにぼくらはかけがえのない思い出を掻き集めてる。死は終わりではなく物語の完成なんだ——。


最近は「天国って、優しい嘘のことなんじゃないのかな？」って思ったりもします。悦びに満ちた人生なんて望んだってなかなか得られるもんじゃないし、思い出をつくる前に人生の舞台から降りなくてはならなかったひとたちもいる。

でも大丈夫。記憶歪曲装置があれば、最後の夢はすべてがハッピー・ストーリー。苦しい人生を送る人間ほどこの装置は優秀です。

そう、それに「過ぎてしまえばすべては美しい」って言葉だってある。時の浄化作用。思い出は、それが思い出であるという、ただそれだけで美しい。

誰かを愛し、たとえその誰かを失ったあとでも、悲しみとともにその面影を忘れまいと思うこと。悲しみが深いほど、その記憶は強くぼくらの心に刻まれ鮮明に残る。だとしたら、彼らを忘れてはならない。彼らがそこにいたこと。愛し、愛され、微笑みを交わし合っていたこと。そのすべてに意味があるはずなのだから。

「そのときは彼によろしく」

追慕の情や郷愁の意味。すべては最後の壮大な夢のため。ぼくらはしっかりと思い出を掻き集め、幸福な夢の中で永遠を生きる。

おやすみなさい。いい夢を。

国境を越えてゆくノスタルジー

ぼくは、ぼくのための天国を描き、自らをそこに憩《いこ》わせた。

このあまりに即物的で、古い脳との繋がりをすっかり忘れてしまった世界で、なんとか息を継ぐために、ぼくは自分のためのシェルターをつくった。

そしたら、なんと！

世界中のひとたちが、そこに憩うことを求めてくれた。

愛するひとに生きてほしいと強く願うこと。もし、別れの日がやって来ても、いずれはまたどこかで会えるんだって、そんな優しい夢を抱き続けること。

かくのごとき夢あれかし！


世界共通言語であるこの世界観――そして感傷やノスタルジーは、人種や国境、宗教を越えてちゃんと伝わっていく（例の微小ブロック構造、多用されるメタファーや象徴なんかも関係してるかもしれない）。

嬉しいですねえ。


ただ、広がり方を見ていると、けっこう「ラテン」に偏っている気がしなくもない。やっぱりこっちのほうが脳が活性化している？　落ち着きのない大袈裟なひとたち。ポルトガルとかスペインとか、それにイタリア、フランスでしょ、あと南米、南太平洋の島々。アジアなら、いまだとベトナム、インドネシア（この国のある売れっ子女性作家さんが、『いま、会いにゆきます』についてインタビューで触れてくれてて、けっこう嬉しかった）。

あったかい国ばかり（北ヨーロッパでも翻訳はされてますが、日本人の小説を積極的に翻訳しているドイツやイギリスではぼくの本は未翻訳）。この偏りは意味ありげで興味深い。

いま思えば「バカ」っていうのは、古い脳に強く影響を受けている人間ってことなんでしょう。太古の価値観で世界を眺めている。

それが農耕化、都市化された人間たちからは、どことなく「愚か」に見える。

でも、それがぼくの生き方です。一万年？　ぐらい時代遅れだけど、ぼくはぼくでなんとかやってます。けっこう大変だけど。

最後は、そのことについて、ちょっと。

注釈

＊30　M・フィッツジェラルド「トリニティカレッジ・ダブリン、児童・青少年精神医学教授。アイルランド自閉症協会の臨床および研究顧問、北アイルランド人間関係学会の名誉会員を務める。」（『天才の秘密』より）

＊31　モジュール　工学等における設計上の概念で、「交換可能な構成部分」という意味の英単語。システムの一部を構成するひとまとまりの機能を持った部品で、システムや他の部品への接合部（インターフェース）の仕様が規格化・標準化され、容易に追加や交換ができるようなもの。

＊32　メルヴィル　（一八一九〜一八九一）米国の作家。著書に『白鯨』など。

＊33　ベートーヴェン　（一七七〇〜一八二七）ドイツの作曲家。その作品は古典派音楽の集大成ともロマン主義音楽の先駆とも言われる。聴覚を失いつつも革命的な音楽を生み出した。

＊34　アーヴィング　（一九四二〜）米国の作家。著書に『熊を放つ』『サイダーハウス・ルール』など多数。

＊35　拡張現実　人間が知覚する現実環境をコンピューターにより拡張する技術、およびコンピューターにより拡張された現実環境そのものを指す言葉。

＊36　アニミズム　精霊信仰。あらゆる事象に霊・霊魂が宿るという考え方。

＊37　失見当識　現在の年月、時刻、方向感覚といったものの状況把握能力（見当識）が失われること。相違を区別して認識できなくなるような、認識力を失うことについても言い、認知症の中核症状のひとつとされる。

＊38　チューリング不安定性　一九五二年に英国の数学者・チューリングは「反応拡散方程式」にてある空間的パターンが自発的に生じることを証明したが、特定の波数の不安定化が原因であることから、これを「チューリング不安定性」と呼ぶ。

＊39　側頭葉てんかん発作　成人の代表的な難治てんかん発作のひとつ。遺伝性のものはほとんどない。数分のあいだ朦朧とした状態が続き、本人はその間の意識・記憶がない。短期記憶が損なわれる記憶障害に加えて、海馬のてんかん焦点の部位により、言語性記銘力の低下を招

いたり、視覚性記銘力の低下を招いたりする。

＊40　マジックリアリズム　魔術的リアリズム・幻想的リアリズムとも呼ばれる。主にボルヘスやガルシア＝マルケスなどの中南米文学に代表される。魔術的な非日常的現象を日常的な背景の中に描くことで、独特なリアリティを醸す技法。

＊41　シャーマン　呪術者・宗教的職能者。霊魂など超自然的存在との対話を媒介する人。

＊42　象徴主義　十九世紀末から二十世紀初頭にかけて、ヨーロッパ諸国に興った芸術上の思潮。外界の写実的描写よりも主観である内面世界を象徴によって表現する立場。

＊43　フロイト　（一八五六〜一九三九）オーストリアの精神医学者。精神分析の創始者。人間の行動の根底にある意識下の「無意識」の概念を提唱し各方面に多大な影響を与えた。

＊44　ユング　（一八七五〜一九六一）スイスの精神科医・心理学者。フロイトの弟子であったが決裂、後に人間の無意識の中にある「個人的無意識」に加えて、人間が生得的に共通に持つ「原型」と、「集合的無意識」という概念を提唱した。

＊45　ルシファー　カトリック教会やプロテスタントにおいて、魔王サタンが堕落前に天使であったときの名。

＊46　アーリマン　古代ペルシャにて成立した世界最古の一神教であるゾロアスター教（拝火教）における悪神の名。

＊47　ジェイムズ・ジョイス　（一八八二〜一九四一）アイルランドの作家。二十世紀の文学の可能性を最大限に押し広げた作家の一人。著書に『ユリシーズ』『ダブリン市民』『フィネガンズ・ウェイク』など。

＊48　阿頼耶識　大乗仏教の唯識学派の根本思想であり、心の深層部分を指す。

＊49　ジェームズ・キャメロン　（一九五四〜）カナダ出身の映画監督・脚本家・プロデューサー。

アクション映画の巨匠で、徹底したリアリティの追求に定評がある。代表作に『エイリアン2』『ターミネーター2』『タイタニック』『アバター』など。

＊50 山父　主に四国地方に伝わる妖怪。一つ目一本足で、大声を出すとされる。人の心を読むとも言われる。

＊51 夢魔　夢の中に現れ、女性を襲うと言われる悪魔。

＊52 ロトの妻　旧約聖書「創世記」にあるエピソードのひとつ。神が退廃した町ソドムとゴモラを滅ぼす際に、天使がロト一家を救い、「逃げる間は絶対に振り向いてはならない」と命じたものの、その妻はそれに背いたため「塩の柱」にされたという。

＊53 臨死体験　一九六九年にキューブラー＝ロスが臨死患者に聞き取りをした『死ぬ瞬間』を出版したことでにわかに注目を浴びる。様々なパターンがあるが、とりわけ「体外離脱をする」「死者と再会する」「神を見る」「死後の世界を垣間見る」といった超自然的なものが目立つ。

＊54 コニー・ウィリス　（一九四五～）米国の女性ＳＦ作家。文学賞である「ヒューゴー賞」「ネビュラ賞」「ローカス賞」をいずれも多数回受賞している。著書に『ドゥームズデイ・ブック』『犬は勘定に入れません』『ブラックアウト』など多数。

＊55 立花隆　（一九四〇～）ノンフィクション作家。一九九四年に『臨死体験』を上梓、当時いわゆる神秘体験に対してできるだけ科学的にアプローチしようと努めた姿勢は高く評価された。

＊56 クオリティーオブライフ　ＱＯＬ（Quality of Life）。治療自体が目的となってしまう事例が多い中で、「患者自身が自分らしさを保ち、精神的に満足できること」を中心に治療を行うべきとする考え方。

終章　この世界で生きづらさを感じる「避難民たち」へ

「彼は誰とも違っていた」（中略）「そのことを誇りに思うべきだったのに」

「誇りに？」

「そうです。もっと自分の弱さを評価するべきだった」

「それは――」

分からないこともないけれど、たいていの人間には受け入れられない考え方だった。人を傷付けるにはあまりに小さな拳、自分の欲を押し通すことのできない臆した心。それを誇りに思うことはひどく難しい。わたしたちは強さを信奉する世界に生まれ、強くなれと言われながら育ってきたのだから。


「世界中が雨だったら」


結びですね。これでおしまい。

過覚醒と、それがもたらす過剰なナイーブさ。この一見相反するようなふたつの偏りがぼくを形づくっている。

たぶん、「普通」のひとたちが一番分かりづらいところかもしれない。繊細さや弱さ。静謐《せいひつ》を好み、ひとを遠ざけようとする傾向。これらは鬱的な心と混同されがちですからね。

でも「補陰」という言葉もあって、究極の陽は、中庸に向かうために究極の陰を求めるものなんです（と昔のエライひとは言っている）。

ぼくと会ったひとたちはみんな、「小説のイメージと違う！」って驚かれますが、そこにはそんな理由がありますす（叙情フォークのひとたちって、けっこうそうじゃないですか？　歌はきわめてナイーブ、でも当人はいたってご陽気、みたいな。余談だけど、叙情フォークって、思い出を映像的に語る歌詞が多くて、逆にいまの日本のラップやレゲエって、これから先のことを抽象的に語ることが多くないですか。いつの頃からかアーティストのメンタリティーが入れ替わった）。

このへんに気付けば、世の中を見る目もまた違ってくる。真の活性につきまとう絶対零度の悲しみ。振り幅の大きさが身上のアーティストたち。

ナイーブすぎる人間たちは、逃げ場を求め必死になって避難所を探します。ぼくは言葉をブロックのように積み上げ、自分のためのシェルターをつくり上げた。門はつねに開いています。誰でも逃げ込むことができる。国も人種も宗教もまったく問いません。マッチョな排他的ヒロイズムではなく母ザルの寛容と優しさで。

そこではノスタルジーと感傷がひとの心を慰撫《いぶ》してくれる。

おそらく、感傷って側頭葉の過剰興奮なんでしょうね。あるいはノスタルジーも。過覚醒。極限まで脳が活性化すると現れてくる、もうひとつ上層（下層？）に潜んでいた第七の感情。それが真の感傷とノスタルジー（とにかく、ぼくにとってはそうなんです）。

胸を焦がすような熱い感覚。不穏当なまでに激しい悦び、そしてそこに寄りそう透明な悲しみ。言いようのない焦燥と甘美な憧憬。なにもかもが美しく、死の恐怖さえもが、硬質な美を湛《たた》えた一編の詩のように感じられてしまう……。

ああ、もどかしい！　あの感情を言語化するなんてドン・キホーテ的蛮勇です。

感傷はすごく深いです。

脳熱が高い人間にとっては、ほんとに重要な感情なんだけど、そうじゃないひとたちには、それが理解できていない。

あの素晴らしい感情を嫌うというのは、きっとぼくらが「感傷」と呼んでいるものと、彼らが「感傷」と呼んでいるものがまったく違うからなんでしょう。

憂鬱と感傷を同じように思ってるひとさえいる。これは真逆です（感傷はいたむほどに感じる、って書くことを思い出して下さい。この回路は、むしろ鬱に陥らないようにするための安全弁として働いているような気がします）。

同じ文章を読んでも、そこから胸のうちに湧き起こる感情が違えば、印象は大きく隔てられてしまう。


側頭葉がさかんに発火している人間にとって感傷は宗教的、神秘的感情（ほんと、大袈裟でなく、そうなんです）であり、なんらかの恩寵《おんちょう》にもひとしいわけで、結局のところ言葉は言葉でしかない、ということなんでしょう。


前にも書いたけど、不安や苦しみって相対的なものですよね。感じやすいほど受ける苦しみは大きくなる。脳の神経伝達物質がいっぱい溢れているひとは、悲しみや不安も大袈裟に感じてしまう。

だから、こういったひとたち向けの、特別あつらえの癒やしのプロセスが必要になる。

それが（真の）感傷であると。

きっと、脳の中にとびきりのホルモンが放出されるんでしょうね。あるいは報酬系の神経がなんかひとと違ってるのか。

つねに「臨死状態」に近い活性を持ったひと向けの、前倒し「臨死体験」。ほんとは人生の最期のために用意された特別のケーキなのに、それを先に食べちゃう、みたいなもの？

だから、これはすごく大事な薬なんです。泣くことによってひとはストレス物質を体外に放出し、脳内ではセロトニンが分泌される。セロトニンはメラトニン（睡眠ホルモン）の分泌を促し、「あれ？　この子泣き疲れて眠っちゃったよ」ってなる。

ぼくはたぶん二百年ほど遅刻してきたロマン主義作家ですが、近代ではどうにも旗色が悪い。ぼくの基本は「過剰なナイーブさ」と「母性の寛容」です。「女々しく」て「きれいごと好き」の「お涙ちょうだい作家」（どれも、侮蔑的に使われてますが、ぼくはこれらの言葉を肯定的に使います。超肯定するひとだから）。でも、それじゃあ駄目なんだ、間違っているんだって言われる（子供のとき先生から言われたのと一緒です）。

なんか、ロマン主義が衰退していった理由が分かるような気がします。都市化、近代化っていうのは、つまりはそういうことですから。「おおらかなメスザルの心」的なものをどんどん排斥していって、ニヒルでマッチョなものに置き換えていく。効率と排他主義が幅をきかせ、下手くそだったり、違ってたりする人間は、どんどんと隅っこへ追いやられてしまう。

このあまりに攻撃的な世界で、生きづらさを感じている人々。戦うための拳を持たない、生まれながらの避難民たち。弱い者、拙い者。ひとと違っているために、「間違っている」と責められ、自分を信じることができなくなっている者。独善的な人間から逃げ出したいと願い、シェルターを探してさまよっているひとたち。狭量な効率主義から居丈高にけなされ、すっかりうなだれてしまったひと。

そういうひとたちのために、ぼくの小説はあるんだと思います。そのためのぼくの人生だったとも言える。ジョーゼフ・キャンベルの『神話の力』って本の中に「あらかじめ傷付いた者がひとを癒やす」みたいな一節があって、ああ、そうだよなあ、って思った。

思いっきり傾いていること。生まれながらのアウトサイダーであること。「弱者」と呼ばれるほどセンサーが過敏であること。

そして、共感する力ですね。

それをぼくは子供時代にもうれつに鍛えた。母と一体化することで彼女の苦しみをいち早く捉え、慰め、癒やそうとした。

すべてが屑カードのように言われていたのに、実は、それが魔法の絆創膏《ばんそうこう》だったって話です。

『恋愛寫眞――もうひとつの物語』の静流《しずる》じゃないけど、「生まれてきてよかった（母さん、ぼくを産んでくれてありがとう！）、他の誰でもなく、この私に生まれたことが嬉しいの」。

そんな気分です。

最後までぼくのとんでもない妄想に付き合って下さって、どうもありがとう。

謝辞

星野仁彦先生にはお忙しい中、福島から東京まで二度もおいでいただき、かつてないほど深くぼくのパーソナリティーを探っていただきました。自分でも知らなかった心の奥にある「思い」が明らかになり、なんだかすべてが腑に落ちた感じです。また素晴らしい解説も寄せていただき、ぼくの飛躍に満ちたとんでもない想像に、しっかりとした背骨を与えていただけたと感じております。

上野一彦先生とは、数年前からお会いするたびに「発達障害の当事者が、自分のことを思い切りポジティブに語る本を出したいよね」と話していて、ようやくその思いがこの新書で実現できたように感じています。上野先生と重ねてきた対話から、この本は生まれました。

品川裕香さんには、本文中にも書きました通り、自分が何者なのかに気付く切っ掛けを与えていただきました。あの瞬間はぼくの人生における大きなエポックだったと感じています。あのとき以前の自分。そしてあのとき以降の自分。そこには明確な区分があるように思います。また、鼎談というかたちで星野先生と引き合わせて下さったのも品川さんでした。

この三人の方たちなしには、この本が生まれることはなかった。とても感謝していま す。また、ゲラの段階で目を通していただき、様々なサジェスチョンをいただけたことも深く感謝しております。どうもありがとうございました。

市川拓司

二〇一六年五月五日

参考文献

『自閉症だったわたしへ』　ドナ・ウィリアムズ　河野万里子・訳　新潮社　一九九三年
『BORN TO RUN　走るために生まれた　ウルトラランナーvs.人類最強の〝走る民族〟』　クリストファー・マクドゥーガル　近藤隆文・訳　NHK出版　二〇一〇年
「脳についての新たな理論　上部脳と下部脳」　STEPHEN M. KOSSLYN and G. WAYNE MILLER　ウォール・ストリート・ジャーナルウェブ版記事
http://jp.wsj.com/articles/SB10001424052702304856504579149250698533242　二〇一三年
「ニホンザルにはボスザルがいない」　霊長類学者・伊沢紘生氏（一九三九〜）の研究結果をウェブ上のいろんなサイトで目にして。
「新石器時代に生殖できた男性は『極度に少なかった』」　ワイアードウェブ版記事
http://wired.jp/2015/11/10/neolithic-culture-men/　二〇一五年
『土曜日』　イアン・マキューアン　小山太一・訳　新潮社　二〇〇七年
『ひそやかな復讐』　ドナ・タート　岡真知子・訳　扶桑社ミステリー　二〇〇七年
『天才の秘密　アスペルガー症候群と芸術的独創性』　M・フィッツジェラルド　井上敏明・監訳　倉光弘己・栗山昭子・林知代・訳　世界思想社　二〇〇九年
『オウエンのために祈りを』　ジョン・アーヴィング　中野圭二・訳　新潮社　一九九九年
『夢に迷う脳　夜ごと心はどこへ行く？』　J・アラン・ホブソン　池谷裕二・監訳　池谷香・訳

朝日出版社　二〇〇七年

「洞窟壁画は我々の偉大なる先祖が麻薬でヨタって描いていたことが判明」　ギズモードウェブ版記事　http://www.gizmodo.jp/2013/07/post_12778.html

『あの川のほとりで』　ジョン・アーヴィング　小竹由美子・訳　新潮社　二〇一一年

『航路』　コニー・ウィリス　大森望・訳　ソニー・マガジンズ　二〇〇二年

『臨死体験』　立花隆　文藝春秋　一九九四年

「ＮＨＫスペシャル　臨死体験　立花隆　思索ドキュメント　死ぬとき心はどうなるのか」　二〇一四年九月十四日放送

「死の直前に見る夢は　米研究」　ITmediaニュースウェブ版記事　http://www.itmedia.co.jp/news/articles/1511/06/news115.html　二〇一五年

『神話の力』　ジョーゼフ・キャンベル／ビル・モイヤーズ　飛田茂雄・訳　早川書房　一九九二年

五年後のぼくと発達障害

加筆にあたって

『ぼくが発達障害だからできたこと』が発刊されてから五年が経ちました。このたび文庫化の話が持ち上がり、ならば、ということで、新書版には欠けていた「ディテール」を加筆することにしました。新書版は、いわば自分という存在に対する考察であり、具体的な日常の記述というものがぽっかり抜け落ちていたんですね。それがずっと気になっていた。そのあとで『私小説』（朝日新聞出版）というディテールを描いたフィクションも出すには出したんですが、できるならひとつにまとめておきたかった。『私小説』では架空の作家の一日を描きましたが、今回は時系列に沿って描くのではなく項目別にしました。重なっている部分もあるとは思いますが、あれからいろいろと変化や発見もあったので、そのへんのことをできるだけ多く織りこんでいこうと思っています。

ということで、「選択的発達者作家の日常」編の始まりです。

二〇二一年五月五日

コロナ禍での日々

久しぶりに後ろ向きの気分に

多くの作家さんが語っていることとは思いますが、この手の仕事はコロナ禍においても、ほとんど変化というものがありません。とくにぼくの場合、誰とも会わない、というのがデフォルトですから、もとから変わりようがない。あえて挙げるなら、週二回ほど外で十割蕎麦を食べていたのができなくなったってことぐらいですが、それ以上に家で食べているので、さほど不満は感じていません。

むしろ変化があったのは内面ですね。このへんは明らかにぼくが発達障害であることと関係しています。とにかく不安で仕方なかった。コロナが国内で広がり始めた二〇二〇年の春の頃がピークでした。ただでさえ春は「木の芽どき」で神経が不安定になるのに、そこに父親を亡くしたダメージとコロナ禍が加わったことですっかり精神に変調をきたしてしまった。

パニック発作と抑鬱のダブルパンチ。強迫性障害、心身症も全開状態で、久しぶりに生きることに対して後ろ向きな気分になりました。いつも全力で生きようとしているぼくにとってはきわめて珍しいことです。

あるいは、この不調の一番の要因は「加齢」にあるのかもしれません。若い頃、超ハイパーで多動だった人間は、けっこう晩年に逆に振れてくるんですね。昔の文豪なんかでも、若い頃にはきらめくような人生賛歌を描いていたのに、人生の後半はなんとも陰鬱で重苦しい話ばかり書くようになった、なんて作家がいくらでもいる。

精[*57]液の赤玉説と同じように、生気、元気の素なんかも万人同じ量が生まれたときから定まっていて、早くにそれを使い切ってしまうと後半生で生きる力が涸渇してしまうのかも（漢方ではこれを腎[*58]気なんて呼んでますが）。どんなに活発に活動をしていても、きちんとオフを取れるひとはいいんだけど、ぼくは「休む」ということがどうにもヘタクソで、つねに倒れるまで動き続けてしまう。なので現時点ですでに元気の素を完全に使い切ってる可能性はじゅうぶんあります。他のひとの優に十倍はしゃべって十倍は走ってきたはずですから。

籠の中のカナリア

とまれ、二〇二〇年の春先はほんとにしんどかったです。もっと大変だったひとだっているのだから、いちいち語るほどのことでもないんですが、「発達障害者とコロナ」

という観点から見れば、なんらかの意味はあるのかもしれないと思い、ちょっとだけ当時のことを振り返ってみることにします。

最初の頃はとにかくぎりぎりまで気を張り詰めてました。この辺の緊張感はうちの奥さんとは微妙な温度差があって、どうあってもぼくのほうが過剰に反応してしまう。なんか三・一一のときのメルトダウンとよく似てるな、と思いました。見えないもの、正体のよく分からないものに対する恐怖。心気症全開で、ちょっとでも喉に違和感があると、すわコロナ！　と疑ってパニックに陥る。心臓バクバク、手汗びっしょり。

ぼくは自分を「[*59]鉱山のカナリア」によくたとえますが、発達障害者の、とくに環境の変化に過敏なタイプは、こういった有事の際の警戒センサーみたいな役割をになっているんじゃないかと思っています。ひと一倍ことを重く受け止め、ひと一倍先の展開に不安を覚え、ひと一倍大騒ぎしてしまう。ひっきりなしにパニックを起こしているものだから、落ち着かないことこの上ない。籠の中で翼が折れるほど飛び回るカナリアと一緒です。

で、どうしたかというと、ひたすら歩きました。やっぱりこれが一番の鎮静剤。脳が過剰に活性化する人間は本能的に身体を動かすことでエネルギーを逃がそうとするものなのかもしれません。大掛かりなチック、貧乏揺すりみたいなものです。

昔のヨーロッパの文学者たちも、精神の病を発症するとアルプスの山々をひたすら歩いて心を癒やしたと聞いています。いまみたいに精神病薬全盛になる前のひとびとは、そうやって自分を癒やしていたんですね。

この大ぶりなチック、ないし貧乏揺すりは、すでに父親を亡くした二〇一九年の暮れから始まっていました。危機に陥った脳が「歩け！」と命令する。同時に無性に「自然に包まれたい！」という欲求も感じました。さらに、「誰とも会いたくない！」という強い思いも。なので山に向かう。と言っても、三つ四つ隣町にある標高二、三百メートルほどの丘のような低山です。ひととは会いたくないので、人気のハイキングコースのようなところは避けます。誰も来ないような林道、自然保護地など。国土地理院のGlobeという地図サイトで細かな道を見つけてはとりあえず行ってみる。藪《やぶ》だらけで道が見えなくなっていることもありますが、そんなときは藪漕ぎ[*60]しながら、なんとか先に進んでみる。込み上げてくるエネルギーのはけ口を探しているわけですから、むしろそんな状況こそが理想なわけです。ざわついたノイズだらけのエネルギーをそうやって放出し、森の木々や大地からおおらかなパワーを吸収する。これは上がります。だんだん奇妙な感じに興奮してきて、けっきょくは走り出してしまう。歩いてなんかいられない。登りは脚に乳酸が溜まるので我慢しますが、下りははやる思いを解放してあげる。リードを外された犬状態。振り幅十キロメートルの壮大な貧乏揺すりです。

そんな中でも下がる瞬間はあって、ひとつは誰かと行き会うこと。たまにあるんですよね、こんな寂れた林道でもハイカーと出会うことが。ぼくは町中で散歩していても向こうから誰かが来ると横道に逃げるタイプです。すれ違うときに猛烈なストレスを感じる。恐いとかじゃなく、ただ厭《いと》わしい。山ではそれがさらに増幅する。

もうひとつは突然襲い来る自律神経の発作。低血糖が引き金になることもあります。誰もいない森の奥で、急に気持ち悪くなって動けなくなる。こういう体質もあって本格的な山登りは避けているんですが、低山であってもけっこう不安になります。激しい動悸や不整脈、悪心やめまいに襲われて身動きが取れなくなる。概《おおむ》ね十分から数十分で治まってくれるんですが、もうそのあとは怖々といった感じで走るなんてとんでもない。そろりそろりと歩きながらゴールを目指します。

まあとにかく、そんなことをほとんど毎日のように続けていました。コロナが広がり始めて奥さんも一緒に野歩きするようになってからは、ちょっと状況が変わって目的が野草探しに。ぼくも奥さんも草花が大好きです。子供の頃から花好きなのも一緒。奥さんからは「男のひとで珍しいよね」と言われますが、これももしかしたら発達障害ゆえなのかもと思ったりもします。ひとに向かうべき関心が花鳥風月に向かう。美しいもの、とくに自然の中に宿る美に惹かれてしまう傾向。

不安神経症とホラー映画

彼女はぼくと違ってたくさんの花の名前を覚えているんですが、それでも知らない野草もある。なのでスマートフォンのアプリを探しました。そしたらあるある。カメラで花や葉を撮るだけで名前を教えてくれる便利なアプリが。これがやたら面白い。二〇二〇年我が家最大のヒットとなりました。まだ名も知らぬ野草を求めて日がな歩き続ける。ひとが寄りつかないような林道を選ぶ、という方針がそのままコロナ対策にも繋がりました。外食は論外なので、毎日奥さんが弁当をつくって、ぼくがそれをリュックサックに背負って緑の中でランチを摂る。

唯一買い物だけがひととの接点でしたが、これも我慢に我慢を重ねて月に一度ぐらい都心のオフィス街にあるスーパーに出掛けてまとめ買いすることで対処しました。午前十時のオープン直後に行くと、ほぼ間違いなく他の客がいない。うちの近所のスーパーはオープン直後から客が押し寄せるので近寄る気にもなれなかった。

どうあっても葉野菜が足りなくなるので、それは家の中で水耕栽培で育てました。チマサンチュ。これが一番簡単だと聞いたので。あとはプチトマト。

フィットネスクラブが再開して彼女がふたたび仕事に出るようになったあたりからいくらか警戒レベルを引き下げましたが、これを執筆しているいまもほとんどひととと接することのない生活は続いています。まあ、それまで通り、と言えばそれまで通りなんですが。

　オフィスに通う勤め人だったら、ストレスできっと倒れていただろうな、と思います。こんな状況の中で他の発達障害の仲間たちはどんな不安を感じているんだろう、とよく考えます。とくに感染率の高いアメリカとか。彼らのことを思うとなんともいたたまれない気持ちになります。


　夜はＤＶＤでホラー映画を毎晩のように観ていました。父親を亡くしたストレスで眼をやられてしまい、長時間は無理なんですが、十分でも二十分でもホラー映画を観るとなぜか心が落ち着く。ぼくが好きなのは血がドバッと出るスプラッターものではなく、原因の分からない超自然的な現象に主人公たちが翻弄される、って話や、死を越えた近親者との再会を描いたような話。

　不安神経症の患者がなぜわざわざひとを恐がらせる映画を観るのか、っていうと、そこにはちゃんと理由があって、「恐怖映画は自分で自分に施すことのできる精神療法だ」ってことらしいです。ネットの記事に書いてあった。「曝露療法」[*61]や「興奮転移理論」[*62]といった癒やしの効果があるらしい。なるほどな、と思いました。精神的につらいときほどホラー映画が観たくなる。我が家には大量のホラーＤＶＤがあって、それはもうＢ

級、C級、Z級と、手当たり次第といった感じなんですが、その中でもお気に入りの映画は優に数十回は繰り返し観ている。まさか、こんな習慣が自分を癒やしていたなんて夢にも思いませんでした。もしかしたら、ホラーマニアの中には、ぼくのように不安神経症を抱えた仲間がけっこういるのかもしれません。

夫婦関係

しゃべり続ける夫婦

「コロナ禍での日々」でも触れましたが、我が家も夫婦で過ごす時間がぐっと増えました。奥さんはそれまで週三回から四回は仕事やトレーニング、勉強等で外に出ていたので、それがなくなると、毎日朝から晩まで一緒ということになる。早期退職した夫と専業主婦の妻のようなものです。

もともと一般的な家庭と比べると夫婦で一緒にいる時間はかなり長い方だったと思います。テナガザルタイプは究極のマイホーム主義なので、家こそが自分の居場所と考える。家にいれば楽しい。外は不安。なので、勤め人時代も仕事が終わると飛ぶように家に帰っていました。十五年間で帰りに寄り道したのは治療の時ぐらい。作家になって家で仕事をするようになってからも、基本的に社交というものがありませんから、ランニングや徘徊（散歩のことです）以外は外に出ない。

これだけ密な関係になると、やはり夫婦の相性はとても重要になってくる。ぼくは濡れ落ち葉どころか寄生植物なみに奥さんに引っ付いているので（自称、職業「愛妻家」）、相性悪けりゃ、ただの家庭内ストーカーになりかねない。しかも、一緒にいる時間が長いだけでなく、我が家はコミュニケーションの密度がものすごく高い。会話と触れ合い、ですね。

ぼくら夫婦の朝一番の会話はつねに決まっていて、「眠れた?」「具合はどう?」といった互いのコンディションを確認し合うところから始まります。答えは「爆睡」から「まあ、ぼちぼち」「ぜんぜん眠れなかった」「きつい夜だった……」までいろいろ。そのあとで、ぼくが見た夢の話を彼女に報告するのが定番の流れ。ちなみに昨夜見た夢は「独裁政権下、政府組織から追われる身となったぼくは追っ手から逃走する途中なぜか別の世界に迷い込んでしまい、そこで知り合った少年のアパートに行くと部屋の中でモンゴル相撲の力士たちが稽古をしていて、ひとりの力士の娘が子馬と抱き合ってキスをしていた」というものでした。だいたいいつもこんなの。空を飛び回るとか、世界が終わるとか、非日常的な夢ばかり。奥さんは逆に日常的な夢しか見ないので、そんなぼくを不思議がります。

そのあと彼女は家事に、ぼくは執筆や植物の世話に向かいます。八時を過ぎたら朝食を摂って野歩きに出発。車で数十分の低山です。道中もずっとしゃべりっぱなし。ぼくは誰からもチャンピオン級のおしゃべりだと言われるけれど、彼女もそうとうなおしゃべりです。外ではもっぱら聞き役にまわっているようですが、家ではほんとによくしゃべります。しかもよく冗談を言う。ぼくもふだんはかなりふざけた人間なので、結果夫婦の会話の半分ぐらいが冗談の応酬になる。一方が冗談を言うと、すぐさまもう一方がそれに反応して冗談を返す。これが延々繰り返される。そしてゲラゲラ大笑い。

野歩きしてるあいだもしゃべり続けます。息を切らしながら、それでも会話が途切れることはありません。すっかり疲れ切った彼女は帰りの車で眠ってしまいます。歩き疲れ、しゃべり疲れ。運転しながらえんえんとしゃべり続け、ふと反応がないことに気付いてルームミラーを見ると、彼女は後部座席でぐっすり眠ってる、なんてことが毎度繰り返される。

思い返せば結婚する前、初めて車でドライブした頃からこのパターンは変わっていない。さらにもっと言えば、十九歳のとき、サイン帳に挟んだまま渡してしまったペンを彼女から返してもらったあと、喫茶店のテーブル越しに延々五時間話し続けたあのときから、じつはなにも変わっていないような気がする。あのときの会話が四十年近くたったいまもまだ続いているだけなのかも。あいだにちょこちょこと休憩を入れながら、ひたすらしゃべり続けている。話が尽きない。彼女に伝えたいことがいっぱいありすぎて、会話を終えてしまうのがもったいない。最高の聞き手を得た喜びに舞い上がったまま、ぼくはすっかり浮かれ切っている。映画『いま、会いにゆきます』を観た方ならわかっていただけると思いますが、あの喫茶店の感じが延々と四十年間続いているのです。彼女はぼくが話すこと、さらにはやることなすことすべて「面白ーい」と言って嬉しそうに笑ってくれる。だから話さずにいられない。

家に帰ったあとも、おしゃべりは続きます。ぼくは執筆の合間に家の中を走るのですが、そのときもリビングでくつろいでいる彼女の周りをぐるぐると駆け回りながら、ひたすらしゃべり続けます。TVを観ているときなど、さすがに迷惑そうな顔をするんだけど、それでも話を止めることができない。「ぼくが黙るのは死んだときだけだよ」とよく彼女に言います。きっと、いまわの際になっても、「ああ、まだあのこと話してなかったな。それに、あの話も」とか思うんでしょうね。まだ、話し足りない、と。

相手が気持ちいいと自分も気持ちいい

ぼくら夫婦は夜眠る前に、一時間ほど互いの身体をマッサージし合います。そのときも会話は続きます。おおむね施術する側が話し役、施術される側が聞き手となります。ぼくが先にやってもらい、そのあとで彼女というのが三十年以上続いてきたパターンです。

マッサージ中、かなりの頻度で彼女は「落ち」ます。最初は「気持ちいい」とか「そこが痛いの」とか言っているのが、じょじょに無口になってきて、そのうちすやすや。

そのあいだも、ぼくはずっとしゃべり続けているのですが、気付くと聞き手は夢の中。車のときと一緒です。でも、この感覚がいい。ぼくのおしゃべりが子守唄のようになってる。この流れが好きです。ある意味、ぼくはホスト体質なのかもしれません。気持ちよくさせたがり屋。彼女は「あなたがホストになったら、きっと女性のお客は離さないよね」と言います（けれど職業としてのホストというのは、むしろ戦いを勝ち抜いた雄ライオンのような存在で、カリスマのオーラで女性客を魅了するものなんじゃないのかと思うのですが。ぼくはそっちじゃなくひたすら奉仕する方です）。

相手が気持ちいいとこっちも気持ちいい。高度なミラーニューロン[*63]がそうさせるのか？　それとも愛とは「生きて欲しいと強く願う」気持ちだから相手の健やかな寝息を心地よいと感じさせるのか？　彼女もぼく同様「気持ちよくさせたがり屋」です。なので夫婦で四六時中「気持ちいい！」と言い合うことになる。快楽の合わせ鏡ですね。結果、「あなたの隣はとっても居心地がよかった」ということになる。

似すぎたもの夫婦

ぼくらがこんなふうなのは、遺伝子の共有率がとても高いからなのではないのか、と思うこともあります。ぼくらは「似たもの夫婦」ならぬ「似すぎたもの夫婦」です。すごく似ている。顔や体型、体質、価値観、倫理観、金銭感覚、好み、ひととの距離の取り方、植物が大好きで、かつ「育て派」なところ、異常なほど歩くのが早いところ、バリバリのアスリートであること、クラフト好きなところ、それに声まで！（エフェクターでぼくの声を高くすると彼女そっくりになり、彼女の声を低くするとぼくそっくりに！）。

　この広い世界で、よくもまあ出会ったな、というレベル。十五で出会って三年間同じクラスだったのに、そのあいだとくに惹かれ合うこともなかったのは、この近すぎる遺伝子が理由だったんじゃないか、と最近思い至りました。[*64]動物は本能的に近親同士でつがうことを避ける、というあの説です。年頃の娘が父親の匂いを嫌うのはそのせいだとか。ぼくらは兄妹並みに遺伝子が近かった。じっさい、これまで何度もぼくらは兄妹に間違われてきました。まわりからもそう見えるらしい。

　けっきょくは相性のよさがそれに打ち勝ったわけですが、すこぶる居心地がいい、っていうのは、けっこうそんなところに理由があるのかもしれません。

不具合とその対処、治療法

発達障害者の二次障害

ぼくが抱えている不具合は「発達障害者の二次障害」[*65]ってことになるらしいです。発達障害者であってもこの二次障害を発症しないひともいる。ただでさえマイノリティーである発達障害者の、さらに何割がこの苦しみを抱えているのか。これさえなければ、ぜんぜん違う人生を送っていたのに、とよく思います。とはいえ、基本のパーソナリティーがあまりに落ち着きがなく、無思慮無警戒で、そこに底なしの好奇心が加わるものだから、この二次障害という枷《かせ》がなかったら、とっくにどこかで野垂れ死んでいたかもしれません。南米ジャングルの沼地とか極圏の氷の上とか。それもまた幸福な人生だったと言えるのかもしれませんが。

十代の終わりにパニック発作に襲われて、そこからはもうありとあらゆる心身症のオンパレード。さらには極度の心気症、不眠症、強迫性障害なんかも抱えているわけで、それを四十年近くも続けてきたのですから、さすがに疲れてきました。いい加減こんな不具合とはオサラバしたい。もちろん、いろんな治療法を試してはみました。食事、薬、サプリメント等々。それでも、いまだに縁は切れていません。

二十代の半ばに結婚して、まずやったのが加工食品を減らすこと。奥さんの手料理中心の食事。結果として悪い油やさまざまな添加物を減らすことになった。おかげで頻繁に襲われていた下痢や胃の痛みがいくらかは緩和されたように思います（あくまでも「いくらか」です。発達障害者の二次障害はそんなになまやさしいものじゃない。脳神経の構造そのものが変異しているんですから）。

さらに、いつも飲んでいた紅茶をハーブティーに変えることでカフェインも断ちました。カフェインを摂取するとたんに動悸や気持ち悪さに襲われていたので。それまで止めなかったのがむしろ愚かしい。若さですね。痛みや苦しみに無頓着だった。もちろん緑茶やウーロン茶もNG。アルコールも一切口にしません。

砂糖の摂取も段階的に減らしていきました。それまでは低血糖症の発作が恐くて、結構な量の砂糖が入った加工食品や飲み物を一日中摂り続けていたんですが、どうやらそれがかえって症状を悪くしていたらしい（反応性低血糖[*66]）。砂糖を断つことで血糖値が安定し、それまでは毎日のように襲われていた発作がめったに起きなくなった。これは大きかったです。この発作はほんとにつらくて、最悪気を失うこともありましたから。

精神安定剤、漢方薬も服用しました。ただ精神薬は副作用もいろいろとあって、結局十年ほどで止めてしまいました。漢方薬だけはいまもわずかばかりの量を服用し続けています。

アミノ酸調味料を止め（なぜか興奮してしまう）、乳製品を止め（お腹が張ってしまう）、肉を食べる量も減らしました（やっぱり、なぜか興奮してしまう。脂身を食べると高い頻度で下してしまう）。

そうやって、ひとつひとつ試しながら不具合の原因を除外していく。長い道のりです。

ここ数年はナイアシン[*67]（ビタミンB３）の摂取とグルテン断ち[*68]というふたつの治療法を試しています。十年ほど前からでしょうか、発達障害者が抱えている問題になにが効くのか、その情報がつぎつぎと欧米からもたらされるようになって、ネット上でもうまく検索すればかなり有用な対処法を見つけ出すことができるようになりました。

ナイアシン摂取とグルテン断ち

ナイアシンの情報を見つけたとき、「これは絶対自分に効く！」とすぐに確信しました。ナイアシン欠乏症の主症状に「口内炎」があったからです。それまでぼくは一年の内三六〇日ぐらい口内炎ができていました。それもひとつやふたつじゃなく、一円玉大の口内炎が三つも四つも同時にできる。炎症と炎症が繋がって口の中じゅう爛《ただ》れた状態に。これはつらいです。水を飲んでもしみる。食事のたびに感情とはまったく関係なく涙が零《こぼ》れる。生活のクオリティーが極端に落ちます。三度の食事が拷問のようになるんですから。

ところが、ナイアシンを摂取してみたらこれが嘘のように消えてしまった。やはりぼくは慢性的なナイアシン欠乏症に陥っていたようです。無理をしたりストレスが掛かったりするとまたできかけるのですが、ナイアシンの摂取量を増やせば、次の朝には快方に向かっている。いまでは口内炎の発症がナイアシン欠乏のバロメーターのようになっています。

グルテン断ちもかなり前からやってはいたのですが、本腰を入れたのはここ二年ぐらい。どうしても体調がよくならないので、どうせやるなら徹底してやってみようと。それで駄目なら、また別の要因を探ってみる。

すべての小麦粉をカットして、麺が食べたいときは米麺に、フライが食べたいときは米粉パン粉に、餃子《ギョーザ》はライスペーパーで包んで。もちろん食感は小麦粉とはかなり異なりますが、慣れてくればそれも気にならなくなる。パンは完全に止めました。もともとそんなに好きじゃなかったので（おそらく、食べるとなんとなく嫌な感じになるので、無意識のうちに避けようとしてたようです）。大好きな蕎麦は十割のいなか蕎麦に。これが一番の贅沢《ぜいたく》です。

これをやって一番変わったのは、なんと言っても睡眠です。それまでは寝付くのに何十分もかかり、ようやく眠ってもおおむね九十分後には目覚めてしまい、そこからは朝まで寝たり起きたりの繰り返し、というのが基本のパターンでした。それが二年経《た》ったいまでは、すぐに寝付いて、そこから五時間ぐらいはぶっ通しで眠れるようになった。信じられないような変化です。産まれながらの不眠症人間が五時間もぶっ通しで眠るなんて。しかもそれが毎日続くのです。ちょっと不気味なぐらい。まるで別の人間になってしまったよう。

小麦粉製品に含まれるグルテンにより腸壁が傷ついて、それが脳神経にもいろいろと悪さをしていたようです。グルテン断ちしてすぐに変化が出るひともいるようですが、ぼくは二年かかって、ようやく効果を感じられるようになった。かなり個人差があるようです。

口内炎がなくなり、夜も眠れるようになった。年の内半分ぐらい下痢していたのが月に一回程度になった。日に千回もあった不整脈もほとんど出なくなった。低血糖の発作もめったに起きなくなった。パニック発作もずいぶんと抑えられるようになった。おかげで新幹線にも乗れるようになった。

ならばもう不具合とは縁が切れたんじゃないの？　と思うでしょう。でも、違うんです。いまでも不具合は様々な形でぼくを苦しめています。根本的ななにかがまだ良くなっていない。それを見つけ出さない限り、不具合を完全に抑え込むことはできません。

けっきょくは脳の異常興奮が問題なのだと思います。興奮した脳が全身の筋肉に過剰な信号を送る。それが凝りや痙攣《けいれん》を引き起こす。足の裏から頭の天辺まで、身体の裏側にある筋肉がすべてガチガチに凝っている。毎日のように身体のどこかに疼痛《とうつう》が起きる。内臓を覆う腹膜や肋膜が痙攣を起こせば、まるでそれが心臓や胃や腸の痛みのように感じられてしまう。すわ心臓発作か？　と恐怖を覚え、それがまたストレスになる。

ゲップはどこから来るのか

さらには、「ゲップ」の問題があります。これが本当に苦しい。胃の中に大量のガスが溜まって、それがなんとも言えない痛みを引き起こす。うまく出てくれればいいのですが、全身の凝りは噴門[*69]にも及んでいて、それがなかなか難しい。

なので眠る前に奥さんに背中をさすって楽にしてもらう。「わたしはあなたのママね」と彼女は言います。赤ちゃんの背中をさすってゲップさせるのと同じ。それをちゃんとしておかないと、あとで大変なことになる。

呑気症《どんき》や食いしばりがゲップの原因だとも言われています。どっちも自律神経の失調によって引き起こされる。ただぼくの場合、それだけではなく、もっと別の要因もあるように感じていました。ある瞬間、いきなり大量のガスが胃の中に送り込まれてくる。それまではなんともなかったのだから、このガスはいったいどこから？　毛細血管内の希ガスが胃壁から滲《にじ》み出てくる？　それとも、食べたものと胃酸が化学反応を起こしてガスが発生する？

あるとき、この「化学反応」の線であれこれ検索していたら、それまで目にしたことのなかった学説に行き当たりました。そこには、このようなゲップや胃の痛みは、小腸のガスの逆流が原因なのだと書かれてありました。胃や腸の原因不明の痛みの多くがこの小腸ガスによって引き起こされているらしい。まさかそんなことが自分のお腹の中で起こっているなんて思いもしなかった。

きちんと腸が蠕動《ぜんどう》運動[*70]をしていればいいのですが、自律神経の失調でそれが止まると、小腸に食べたものが滞ってしまう。この滞った食べものの中のとくに果糖が腸内細菌のエサとなり発酵の過程で水素と二酸化炭素が発生する。それがなにかの加減で（ぼくの場合は水を飲むことが切っ掛けになる場合が多いです）幽門を逆流して胃の中に流れ込むと、それがゲップのもとになる——と、まあそんなことらしいです。

ぼくは果物が大好きなのですが、どうやらそれもいけなかったようです。この夏一番ひどかった発作のときは、その直前にスイカと梨をかなりの量食べていましたから（とは言え、分量にするとスイカ六分の一カットのさらに三分の一ぐらい、それと梨二分の一個程度。微々たるもんです。反応性低血糖および糖反射を避けるためにぼくはバナナでも一本を四回に分けて食べるようにしています）。同じ果物でもブドウ糖よりも果糖の比率が高いものほどいけないらしい。スイカと梨は果糖の比率がとても高いのです。やれやれ。

これ以降、果糖の摂取に注意するようになってからは、極端にひどい発作は起きなくなりました。それでも眠る前にさすってもらうと、軽く百回ぐらいはゲップが出ます。これは呑気症、くいしばりの分ということなんでしょう。

度を越えた多動から「抗鬱状態」へ

「コロナ禍の日々」でも書きましたが、春の「木の芽どき」と父親を亡くしたダメージ、さらにコロナ禍が加わったことで、すっかり精神に変調をきたしてしまいました。加齢もきっと要因のひとつなんだと思います。と言うのも、今回の不調の主症状が「抑鬱状態」にあったからです。これはとても珍しい。ぼくの基調は「軽躁《けいそう》」です。ずっと軽い躁状態が続いている。度を越えた多動多弁。そこになにかの拍子でアドレナリンの過剰分泌が起こるとパニックになる。不安神経症、心気症、強迫性障害なんかは、ぼくの感覚だとだらだらと軽度のパニック発作が続いている状態。過度の感情の起伏も脳神経の過剰興奮がもたらしている。

ところが、二〇二〇年の春はなんだかいつもと調子が違って、あきらかに脳の活性レベルが低かった。やる気が出ない。気分がすぐれない。うしろ向きな考えばかりが頭に浮かぶ。もうこの先、自分の人生にいいことなんかなにひとつ起こらないような気がする。華やぎの季節はとうに過ぎ、先に広がるのは寂寞《せきばく》たる冬枯れの光景ばかり……。なんだそんなことぐらい、って思われるひともいるでしょう。おまけに、抑鬱状態だと言いながら日がな野山を駆けまわっていたのだから、それは違うだろう、と。奥さんからも言われました。

「それが普通なんだよ」って。「あなたはただ軽躁状態でなくなっただけ」

でも、ぼくとしては明らかに落ち込んでいる。本来のぼくはもっと鼻息が荒く前のめりで、はるかにやかましい。一種の多幸症なのかもしれません。だからこそ、これほどの苦しみにつねに襲われていても、へらへらしていられる。だからこそ、美しいものに惹かれ、それを描こうとする。

ところが、この春はそれがすっかり影をひそめてしまった。冷笑的になり、物事の暗い面ばかりに目が行くようになる。これはもはやぼくではない。ぞっとするような変わりようです。

ひとつ気になっているのは、じつはこれが「治療の効果」だという可能性。ただ「軽躁状態じゃなくなっただけ」。いままで診てもらった医師たちもみんな一様に「治ったら、もう小説はいまのようには書けなくなりますよ。究極の選択ですね」と言ってたし。ぼくは落ち込んでるのではなく、落ち着いてしまっただけ？

いや、しかし……。それにしても、これじゃああまりに心が脆《もろ》すぎる。濡れティッシュ並みのメンタルですもん。

母親の躁と鬱

それに母親のことがあります。母は躁と鬱を若い頃から繰り返していました。躁状態に陥ると一週間ほとんど眠らずに騒ぎ回り、あげくの果てに肝臓を壊して入院、なんてことになる（昼は六大学野球のスラッガーとスポーツカーでドライブ。夜は、いわゆる、『カミナリ族』と呼ばれていた連中と湘南あたりをバイクで暴走。そのあいまに真面目な文学青年の父とデート、みたいなことを繰り返していたらしい）。ブレーキが完全に利かなくなる。晩年はそれが大きく鬱に振れ、ほんとうに苦しんでいた。その姿をずっと近くで見ていたから、ぼくらのようなタイプの人間が鬱になると、どんな症状を見せるのかはよく分かっています。母とぼくは一卵性親子と呼ばれるぐらいよく似ていましたし。

だからこそ、ぼくは恐れました。いよいよ来たのか、と身構える。抑鬱状態は梅雨どきになっても続き、夏にも去らず、秋もずいぶんと深まった頃になって、ようやく軽減の兆しを見せ始めました。

セロトニン欠乏とトリプトファン摂取

この間、なにをやっていたのかというと、トリプトファン[*71]の大量摂取です。鬱のひとつの要因にセロトニン[*72]の欠乏があります。だからこそ鬱の代表的な薬は「選択的セロトニン再取り込み阻害薬」と呼ばれている。欠乏したセロトニンをけちってリサイクルしてしまうのを抑えるものです。

トリプトファンはセロトニンの材料です。それ以外にもナイアシンやビタミンD、オメガ3系脂肪酸[*73]なんかもセロトニンを増やすのに必要なものだと言われています。ナイアシンは足りているはずなので、あとはそれ以外の栄養素を増やせばいい。トリプトファンは大豆やカボチャの種、ヘンプパウダー[*74]などに多く含まれているので、これらを一日中摂り続ける。奥さんが焼いてくれたヘンプパウダー粉のクッキーをひまさえあればポリポリ食べる。オメガ3系脂肪酸はサプリメントに頼ることにしました。ヘンプパウダーにもオメガ3系脂肪酸が多く含まれているので、ここからの摂取分もかなり期待できます。

ビタミンDは「UV－B（300nm付近の紫外線）」を浴びることによって体内でつ

くられるので、朝早い時間にベランダに出て日光浴をしました。じっとしていると暇なので、そのあいだはスクワットや腕立て伏せ、瞑想なんかをして時間をつぶします。

　理屈でいえば、これでセロトニンは上昇するはずです。実際、抑鬱状態はかなり軽減してきましたし。でも、まだ本調子ではない。心が脆く、ちょっとしたことですぐに落ち込んでしまう。精神の強度が著しく下がっている。だとすれば、あとはなにをすればいい？

　セロトニンとは直接関係ないかもしれないけど、抑鬱がひどくなったころから十六時間断食も始めました。読んで字のごとく、十六時間はなにも食べない。夕方の四時半に夕食を摂り、次の日の朝八時半に朝食を摂る。効能に関しては免疫力が上がるだの、美肌効果だの、若返りだのといろいろ言われていますが、ぼくの場合は精神の活性化を期待してのことです。ですが、いまのところまだ手ごたえはあまり感じていません。もともとこれに近い食事のサイクルだったので（夕方五時に夕食を摂り、次の日の朝七時半に朝食）、さして伸びしろがなかったのかもしれません。

カルシウム不足と身体の不具合

　ここ数日あまりに調子が悪いので、新たにカルシウムのサプリメントを試してみることにしました。幻聴、幻像、幻臭、睡眠中に突然起こるパニック発作、どれも脳神経の異常興奮が原因だと考えられます。なので、それを抑制する働きのあるカルシウムが不足しているのではないかと考えたわけです。

つい先日などは、窓から空を見上げながら呼吸法をしていたら、どんどんと視野が白く光り出して目の前がホワイトアウト状態に。これは焦りました。症状はかなり深刻です。

そもそも日本人は慢性的にカルシウムが足りていないらしいのですが、ぼくは乳製品を一切摂らず、なおかつカルシウムの吸収を悪くするシュウ酸[*75]やフィチン酸なんかが多く含まれる食べ物を好んで食べるので、不足している可能性はかなり高い。

カルシウムが不足すると、筋肉が痙攣するそうなんですが、それも当てはまる。ここひと月ほど、頬や瞼《まぶた》の痙攣のせいで視野が細かく揺れ、そのせいで物が見えづらくなる症状がずっと続いている。

カルシウム不足は口内炎の原因になるとも言われているし、背中の筋肉の凝りなんかも引き起こすらしい。

さらに、カルシウムは眼球の形を維持するのに必要なミネラルであることから、不足すると眼球の痛みや疲労、近眼の進行の原因になるとも書かれている。

これだけ当てはまるとなると、そうとうに怪しい。期待十分です。

共感と深い癒やし

いまこれを執筆している時点でも精神状態は相変わらず不安定なままです。ぐっと調子が下がると、ぼくは奥さんに「また、しょんぼりしちゃったよ」と報告します。すると奥さんは、「そうなの？　またしょんぼりさんになっちゃったのね。大丈夫よ」と慰めてくれます。逆に興奮しすぎて心身症の発作に襲われたときは「自律ちゃんが来た！」と言います（まるで、超自然的な存在にでも憑依《ひょうい》されたような表現ですね）。

じつは、奥さんも「自律ちゃんが来た」り、「しょんぼりさん」になったりします。こんなところもぼくとよく似ている。

こんなふうに夫婦の体質が似ていてよい点は、深く共感し合えるところです。相手の苦しみにぴったりと寄り添うことができる。「つらいよね、分かるよ」と言ってもらうことで、どれだけ心が楽になるか。共感は、優しさの限界を超えたその先にある深い癒やしをもたらします。これってじつはとても大事なことなんじゃないか、って思います。

十代の終わりに二次障害を発症したことで、ぼくは母の抱えていた苦しみをより深く理解することができるようになった。これは、この障害がもたらしたよい面です。

「いま、こんなふうに調子崩してない？」と訊ねると、「そうそう、ちょうど言おうと思ってたの」と母が答える。ぼくらは調子を崩すタイミングも、そのとき発症する不具合もほぼ一致していました。なにせ一卵性親子ですから。こういった会話は母親にとって大きな慰めになっていたんじゃないかと思います。奇妙な形の親孝行ですが、それでも、たぶん。

ぼくは買わずにつくる、直す、拾う

買い物嫌い

ぼくは買い物が苦手です。店員さんとのやりとりも苦手だけど、ネットでの買い物はもっと苦手です。そもそも購買意欲が弱いところに、商品を見て触るというトリガー[*76]的な行為が欠如しているものだから脳が先に進むことを拒否しているんだと思います。なかなかポチることができない（それでも、輸入サプリメントなど他では買えないものは仕方ないのでネットで購入しますが）。

多くのひとが買い物は娯楽、気晴らし、ストレス解消、気持ちを上げる行為だと言いますが、ぼくはまったくの逆です。買い物をすると、なんともいえない嫌な気分になる。自分はケチなんだろうか？　とよく思います。他のケチなひとの心がどんなふうなのか分からないのでなんとも言えませんが、まあ、傍《はた》から見ればみな同じ、どんな理由であろうとただの吝嗇家《りんしょくか》ということになるんでしょう。

きっとぼくの脳は「ものを買う」ための神経回路が欠如しているんだと思います。これは社会性の欠如とリンクしていて、つまるところ「売買」というのは「他者との交わり」であって、他者性のない人間は、そもそもが物々交換の能力さえ低く、さらにはそこに「貨幣」というどこか曖昧で抽象的な概念が加わるものだから、もうまったくわけ分からん、お手上げだ、ってことになるんだと思います。買い物という行為は、ぼくには難易度が高すぎる。

きっとかなり近くの時代まで、ぼくのご先祖様はみな限りなく自給自足に近い生活を送っていたはずです。両親とも先祖はどこまで遡っても職人ですし、親戚を見ても、大工でもないのに自分で家をつくってしまうとか、そういったひとたちばかりですから。きわめて自己完結的。

買い物が嫌いだと、必要なものであってもできるだけ購入を先延ばししようとする。ギリギリまで買わない。さもなくば断念する（不便だけど、まあいいや）。ガソリンでさえもそうです。ぎりぎりまで買わない（入れない）。ガソリンランプがついても残量を計算しながら、もうちょっとで無くなる、ってところまで我慢します。なので何度かガス欠になったこともあります。それを知っているので、同乗する奥さんはすごく嫌がります。「早く入れようよ。なんで入れないの？」って言います。まあ、最近は少し学習して、数リットルを残して給油するようにはなりましたが（セルフスタンドが増えて、対人関係の煩わしさがなくなった、っていうのも大きいです）。

服は何年かに一着買うかどうか。ほとんど息子や父のお下がりで済ませています。お気に入りの服は繕って繕って、もうどうにもならなくなるまで着倒して、そこでようやく雑巾という余生に送り出します。服としては本望なのか、それとも、働かせすぎだよ、と嘆いているのか。靴もシューズ専用の接着剤や釣り糸で繕って完全分解するまで履き続けます。

いま穿《は》いているナイロンのカーゴパンツもお尻の繊維がどんどん薄くなって裂けてきたのでダクトテープを貼ってしのいでいます。テープが妙にテカるので、奥さんは「まるでお猿さんのお尻みたい」と笑います。さらに上に羽織るダウンジャケットの腕にもあちこちダクトテープが貼ってあります。どれも庭のバラのトゲにやられてできた孔《あな》を塞いだ跡です。これで買い物にも出掛けるのですから、けっこう目立っているかもしれません。

ぼくは人目というものを気にしないので平気なんですが、奥さんは「もうちょっと考えようよ」って言います。それでもけっきょく容認してしまうのは、諦めなのか、それともたんに慣れてしまっただけなのか。学生時代も合わせれば四十年以上一緒にいるわけですから、だんだんなにが「正常」なのか分からなくなってきているのかも。一種の洗脳ですね。

サービスを受けるのも嫌い

ものを買うだけでなく、対価を払ってサービスを受ける、っていうのも苦手です。なので髪も自分で切ります。おおむね半年に一回。天パーなので、切る前はカーリーのロングヘアーになってます。それをバッサリと。カットは五分から十分ぐらいで終わります。ほとんど鏡は見ません。手の感触だけでカットしていく。それでも失敗したことはありません。慣れたものです。

お酒は飲みませんが、もし飲んだとしても、あの「女性に接客してもらいながら飲食する」ってやつはどうにも堪えられないと思います。とんでもないストレスになりそう。こっちが気を遣いすぎて疲れ果ててしまう。ぼくは根っからの「ホスト」体質なので、接客してもらうという機能の持ち合わせがない。サービスの享受者、消費者ではなく、提供者、生産者ということなんでしょう。

同じように高級料理店なんかも駄目です。そもそも摂食行動の際に、近くに他人がいるというのが駄目。料理の内容を説明されたり、目の前で最後の仕上げをされるのも苦手です。「残したら怒られるんじゃないかしら」という不安もある。じっさい、ぼくは外食ではかなりの確率で料理を残します。とても食べきれない。他のひとたちってなんであんなに食べるんだろう？　っていつも不思議に思います。ぼくの場合は過覚醒状態にあって食欲中枢がすぐに満腹を感じてしまうっていうのが小食の理由です。だとしたら、他のひとたちは覚醒不足ってこと？　だからみんなカフェイン中毒なのか？

職人の遺伝子

買わない、サービスを受けない、ってことになれば、それらをすべて自分でまかなわなくてはなりません。だから、つくる。これはぼくにとって「上がる」行為です。

これはもう職人の遺伝子としか言いようがない。なにか欲しいものがあっても、「買おう」とは思わずに「つくろう」と思う。街を歩いていて興味を引く商品が目に入っても、「これ、どうやってつくるんだろう？　自分でつくれるかな？」と思ってしまう。

一番多く手掛けたのは家具でしょうね。いまの家の家具の大半は自作したもの。本棚、椅子、移動式キャビネット、水槽を載せる台、机、扉、床下収納、壁面収納、追加でこさえた天井の梁《はり》等々、どれもホームセンターの格安材を使って自分でつくったものです。ものすごく安上がり。しかも部屋にジャストフィット。

さらに寝室の天蓋《てんがい》は生成りの生地を自分で藍染めしたもの。庭の小型温室もパーゴラ[*77]もデッキもすべて自作です。

趣味のテラリウム[*78]でつかう水槽もけっこう自作しました。ガラスは百均の額縁から取ったもの。質は悪いけどA4サイズのガラスが百円で手に入るのだから、そこは目をつぶります（温室もこれでつくりました。二十枚ほど使いましたが、それだって二千円！）。水槽づくりは小学生の頃からやっているので慣れたものです。

ステンドグラスも自作します。水槽づくり（および万華鏡づくり）でつちかったガラス切りの技術、それと電子工作で覚えたハンダ付け、このふたつがあればステンドグラスづくりは簡単です（仕上げの美しさは別として）。庭のパーゴラや温室にも自作のステンドグラスがはめ込んであります。ぐっとゴージャス感が増します。

ここのところは照明器具づくりにはまっています。これまた百均の格安LED電球を使い、基板とコードをハンダ付けして、さらに寿命を延ばすために放熱フィンを取り付け、かさの部分はアルミニウムの板を加工して一個あたり四百円ほどで量産しました。ちゃんとスイッチも付いてます。これらは家中に置かれた観葉植物の鉢を照らします。もし、市販の照明器具を買ったらとんでもない金額になるので（あくまでもぼくの基準ですが）、自作でなければとても叶《かな》わなかったでしょう。

これら工作の材料で、店に行かないと手に入らないものは仕方なく購入しますが、まずはその前に自分の家にあるものでなんとかならないか考えます。家には大量の木材や電子部品、ガラスなんかがストックされています。父親が買い集めたものもありますし、壊れた家具をばらして取っておいたもの、同じく壊れた家電を分解して使えそうな部品だけ残しておいたものなんかもあります。あと、もらいものとか。

ぼくの場合、家具や自家製家電だけでなく趣味でからくりオモチャや転がりオモチャもつくるので、そのための材料もストックしてあります。多くはボール紙。これらは、もとは紙ゴミ、お菓子の空き箱とかのたぐいです。使えそうなものは、なんでも捨てずに取っておく。万華鏡づくりに使うサランラップの芯も捨てずに保管してあります。あと、コケやシダの育成に使うための空き瓶も。

奥さんも慣れたもので、使えそうなゴミが出ると、とりあえずぼくに訊いてきます。「これどうする？　捨てていい？　それとも取っておく？」って。「取っておく」となれば、それは廃棄されずに我が家に留まることになる。

ぼくは捨てられない、拾うひと

そんなことをやってると、どんどん「ゴミ」が溜まってきます。けっこうな量です。ちゃんと整理しておかないと、ゴミ屋敷になりかねない。ただでさえ、ぼくは「捨てられないひと」なので、なんでも溜め込む癖がある。二歳の時にチラシの裏に描いた落書きなんかもまだちゃんと取ってある（母親も捨てられないひとでした）。原稿を印刷したコピー用紙もすべて取ってあります。これがけっこうバカにならない量で、書斎の本棚のかなりの部分を占拠しています。

捨てられないひとは、「あとでまた使うかもしれないから」タイプと「思い出の品、記念の品だから」タイプがあると言われていますが、ぼくはその両方です。二重に捨てられない。一度でも関係が生じたものはもう自分の一部なのだと感じてしまうってことなのかもしれません。さらに、本来ならゴミとして廃棄されるはずの空き箱やサランラップの芯なんかがそこに加わるわけですから、そうとう厄介です。

さらに、さらに。ぼくは「拾うひと」でもあります。野山に落ちているものを片っ端から拾ってくる（見つけた瞬間に繋がってしまう）。趣味のアクアリウムで使う流木や石なんかが家中ごろごろしている。叔父さんも同じようなタイプのひとだったので、彼からもらった流木や石もそこに加わります。あと、なぜか蜂の巣が落ちてると必ず拾ってきてしまう。これもかなりの数がある。他にも蟬《せみ》の抜け殻とかヤモリの骨とか死んだ蝶《ちょう》とか。鳥の羽も大量にある（これはいつか羽ばたきオモチャをつくるときの材料にしようと思って取っておいたものです）。

息子は木の枝を拾うのが趣味で、それもかなりの量が家に置いてあったのですが、あるとき一部を残して一気に捨てました。自分のものでなければそれができる。

書斎を覆うシダやコケ

かてて加えて、奥さんの趣味のリースづくりがある。一年がこれを中心に回っていると言っても過言ではない。野歩きがふたりの日課なので、そこで見つけた木の実や落ち葉を拾って持ち帰る。あとは、咲き終わった庭の花々、剪定《せんてい》したユーカリの葉っぱなんかもドライにして家中に吊してある。

こうやって書くと、なんかとんでもない状況を想像するひともいるかもしれません。「それって、もう立派なゴミ屋敷だろう」って。ところがさにあらず、これがけっこううまく部屋に溶け込んでいる。思い出の品の中でも、とくに紙関係は、ひと部屋全体を床下収納にして、そこにすべてぶち込んであります。元のフローリングにマス目状の仕切りをつくって、その上にずらりと床板を敷き詰めました。なので、ここだけ他の部屋より45センチほど床が高くなっているのですが、おかげで大量の思い出グッズを収納することができました。

他にも壁一面をすべて収納にしている部屋もありますし（収納棚はカーテンで隠すことができます）、本棚やキャビネットも大量に自作したので、だいたいはその中に収まってくれています。

なので、うちに来たひとたちはみんな「なんか生活感がないよね。すごくすっきりしてる」「まるで避暑地のカフェに来たみたい」なんて言ってくれます。しめしめ、です。
あと、「『魔女の宅急便』のキキのお母さんの部屋みたい」とも言われます。大量の観葉植物と梁から吊したドライフラワーたちがその印象をつくっているんだと思います。拾いものでも飾り方次第ではインテリアになる。

ぼくの書斎は「まるでナウシカ[*79]の植物の培養室みたい」とも言われます。たしかに、書斎とは名ばかりで、じっさいは植物の培養室にかぎりなく近い。執筆に関係しているものなんてほとんどありません。代わりにあるのは大量の観葉植物の鉢と水槽。いま数えたら大小取り混ぜて水槽が九個置いてありました。あとはガラス瓶が数十。さらにプリンカップが二十個近く。だいたいはシダ[*80]の育成用です。ぼくはシダを胞子から育てています。おもにウラボシ科とホウライシダ科。葉っぱの裏に付く胞子を培地に撒《ま》いて前葉体から育てます。部屋全体に胞子が飛んでいるのか、撒いてもいない鉢からちょくちょくシダが発芽します。壁一面に仕立てた垂直庭園からは数百株ものアジアンタムが発芽して元気よく育っています。

シダ以外に書斎で育てているのはコケ類ですね。これも野山で拾ってくる。細かく刻んで（ブレンダーにかけます）培地に撒けばすぐにプリンカップ全体がコケで覆われます。これも胞子を飛ばすのか、観葉植物の鉢もすぐに表土がコケで覆われてしまいます（そのうちぼくも頭や肩からコケやシダを生やすかもしれません）。

「親を育てる」

ぼくは「育てるひと」

そう、ぼくは「育てるひと」でもあります。

前の方の章でも書いたけど、子供の頃から花を愛《め》でたり育てたりするのが大好きでした。小学生の頃はずっとシバザクラにはまってました。妙に惹かれる。きっとチマチマした草体の植物が好きなんだと思います。だからいまもコケや小型のシダを育てる。とにかく、種から育てるのが好き。実生《みしょう》って言うんですが、植物を胞子や種から発芽させて育てる。これが無性に楽しい。発芽しているのを見ると異常なほど興奮します。これはかなりエロティックな感覚でもあります。新たな命を生み出す、って行為はどんな形であれエロティックなものなのかもしれません。

ひとびとが植物に興味を示さなくなったのは、そういった生命の本源に関わる本能を失いかけているからなのかもしれませんね。ただその名残はあるので、形だけはまだ触れていようとする。だから切り花や鉢を買ってきて窓辺に置いたりする。いずれは枯らすのだから、「育てる」とはほど遠いんだけど、それでもなんとなく置いておきたい。

それが、より手間の掛からないエアプランツ[*81]になり、最後はプラスチックの造花になっていく。いまやエアプランツの造花までもが売られているのですから（さらには植物のレゴブロックまでも！）、ずいぶんと本能も萎《な》えちゃったなあ、って思います。

ぼくは「原始のマン」なので育て増やすことが第一の目標です。増やせないとなんだか負けたような気分になる。この手間暇掛けて育てる、ってことと「ホスト体質」はきっと繋がっている。有り余るエネルギーを他者に分け与える。時間と労力、そして愛情。花を育てるのも奥さんの背中をさするのも、もとは一緒。自分のエネルギーを分け与える行為なわけです。

ものづくりも多分そう。素材から築き上げていく。その手間をおしまない（というか楽しむ）。なので、園芸やるひとたちはＤＩＹ好きがすごく多い。愛妻家、花好き、日曜大工マニアがワンセットになっている。

いっぽうエネルギーが欠乏してくると、「出し惜しみやさん」「もらいたがりやさん」になります。サービスしてもらいたがる。なんでもかんでも自分のなかに取り込みたがる。そして出し惜しむ。エネルギーのけちん坊です。ちょっとの距離でも歩くのを嫌がり、できるだけ入り口近くの駐車場に車を駐めようとする。

親を育てる子供

ぼくはある小説の中でこの「エネルギーを分け与える」という行為を、「授乳」という形で暗喩的に描きました。


もし、この胸からお乳が出たなら、卓也に飲ませてあげられるのに。

わたしは卓也の背中をそっと擦りながら小さく囁《ささや》いた。

「美味しい夢が見られますように。好きなものをいっぱい食べられる夢が見られますように……」

本気で願えば望みは叶う。そう思って一生懸命願った。

そしたら――なんだか、すごく不思議なことが起こった。出るはずのないお乳が出たような気がしたのだ。胸の奥から温かなものが込み上げてきて、それが卓也の身体に流れ込んでいく――もちろん、それはただのイメージであって、現実というより、勝手に巡らされていく想像みたいなものだったけど……。でも、その感覚は妙にリアルで強烈だった。

「うん……」卓也が小さく呟いた。

「おいしい……」

（中略）

いったいあれはなんだったんだろう？

ただの幻覚？　それとも、ひとは誰でももともとそんな力を持っていて、いよいよとなったらその能力がとつぜん目を覚ますとか？　自分の中のミルク的なにかを飢えているひとに分け与える能力――

お乳というのは、つまりはそのひとの命そのものなわけで、母親というのは、そうやって自分の命を子供に分け与えていく。母親がつくる料理もそうです。母親の有限な時間、エネルギーが料理という形となって子供たちの体に注がれていく。子供たちは母親の命を「いただいて」成長していくわけです（うちなんかは父が料理好きだったので、そっちからも「いただき」ましたが）。愛とは命を分け与えること、つまりはそういうことになる。

親から子だけでなく、子から親にもその流れはある。愛のあるところ、すべてにそれはある。

ぼくは「親を育てる子供」でした。こういうのもアダルトチルドレンと言うのか？　親たちの精神年齢がどうにも低いものだから、こっちが一気に成長して彼らの面倒を見なければならなかった。

気紛れわがままプリンセスだった母親

十歳になる頃にはすでに親たちを抜いていたような気がします。歳のわりにはませた子供で妙に大人びた口のきき方をしていました。背も高く風貌も大人びていました。内面と外見が一致していた。五年生の秋に友達と映画を観に行ったときは、どうしても子供と認めてもらえず（子供証明書なんて持ってないし）しかたなくぼくだけが大人料金を払って入館した、なんてこともありました。

そんなぼくに母は子供のように甘えます。「たっくん、抱っこして」というのが彼女の口癖でした。だから、抱っこしてあげて「よしよし」と頭を撫《な》でてあげる。ぼくはそれを「ごっこ」だと思っていましたが、いま振り返れば、あれこそが母の素の姿だったのだと分かります。ほかのひとたちの前で見せる姿の方が「大人ごっこ」だった。なんとか背伸びして大人のふりをしていた。

一方で癇癪《かんしゃく》もすぐに爆発させます。気紛れわがままプリンセス。喜怒哀楽がとにかく激しい。すぐにぼくに手を上げてくる。彼女は背が高く指も長いものだから、叩かれるとけっこう痛い。おかげでスウェーバック[*82]がとても上手くなりました。ただ基本がさっぱりした性格なので、こういった衝突も尾は引きません。すぐにまた叩いたことなど忘れ、ぼくに甘えてくる。

ぼくを着せ替え人形のようにして遊ぶこともよくありました。フリルの付いた服を着せ、口紅を塗って眉を描く。頬にファンデーションを塗り、髪にブラシを掛け、髪留めを飾る。いま思い返してみても自分がそのときなにを感じていたのかよく思い出せない。なり切って一緒に楽しんでいたのか。それとも、これも幼い少女のごっこ遊びにつきあう大人のような気分で、されるにまかせていたのか。

そんなに嫌だったという記憶がないので、たぶんその両方が入り交じったような感覚だったんでしょう。それなりに着飾ったり化粧したりすることを楽しんでもいた。

ほかに誰もいないふたりだけの世界。母は光を嫌うので、いつも分厚い赤いカーテンが部屋には掛かっていた。そんな仄暗い場所で、子供のような母と幼い息子がくすくす笑い合いながら着せ替え遊びをする。ダークなメルヘンですね。こういった引き出しがぼくには無数にある。とても小説には描けないようなものも含めて。現実はじつにシュールです。

その逆、鬱状態に陥った母はまるで老婆のようだった。すっかり塞ぎ込み、うしろ向き（かつ不穏）なことばかり口にするようになる。布団から起き上がる力もなくなり、頭から毛布を被ってしくしく泣いている。いつの頃からか、ぼくはそんな母の肩や背中をさするようになっていました。

奥さんとの関係とも似ているんだけど、母ともいつも触れ合っていたような気がする。オキシトシン？　そんなものを互いに求め合っていたのかもしれない。父との触れ合いが疎だったので、その分がぼくに回ってくる。二十六歳で結婚するまでは母の身体をさすり、それからはずっと奥さんの身体をさすってる（結婚前からさすってはいましたが）。さすりさすられ揉《も》み揉まれ、って感じです。ぼくの人生のかなりの時間がそこに費やされている。

ぼくがしっかり見守ってないと

母が寝込むと、ぼくがご飯を炊き料理をつくる。といっても、ほとんど出来合いを温め直して食卓に並べるだけですが。母はほとんど手を付けなかったように思います。食欲も失われてしまう。

そして、ようやく父が帰ってくると母は癇癪を爆発させます。母は寂しかったんだと思います。もっとかまって欲しい。愛して欲しい。可愛がって欲しい。一方的に責める母に父はなにも言い返しません。ただ、黙ってひたすら堪えている。父は母に心底惚《ほ》れ切っていますから、けっして逆らおうなんて思わない。

　だったらなぜ父は母をひとりにさせておくのか？　これがまた不思議なんだけど、けっきょくは父もまたどうしようもないくらい子供だった、ということなんでしょう。出張は仕方ないにせよ、それ以外の平日も毎晩麻雀《マージャン》パチンコで午前様。週末は社会人野球にゴルフ（父はプロスポーツ選手並みの運動神経の持ち主でした。なにをやっても抜きん出てしまうものだから、よけい入れ込んでしまったんだと思います）。これじゃあ母だって怒ります。愛しているのなら、ずっとそばにいてあげればいいのに。でも、どうしようもなく子供な父は遊びたくてしかたなかったんでしょうね。つい、そっちに行ってしまう。お金がなくたって遊んでしまう。すごい借金をこさえて、それを母がなんとか工面したこともありました。こと遊びとなると、父は歯止めが利かなくなってしまう。

　激高のあまり頭のネジが吹っ飛んで、母が叫びながら裸足で外に飛び出していったこともありました。すぐに追いかけ、羽交い締めにしてなんとか家に連れ戻すと今度は父が消えている。母に安定剤を飲ませ、ふたたび夜の闇の中へ父親を探しに。すると、家の近くの道の真ん中で父がうつ伏せに倒れてなにやら呻《うめ》いている。これはけっこう不気味な姿でした。母がおかしくなるのは見慣れてましたが、まさか父までとは。たしかに、父も異常なほどの多動ではありますが、母よりはよっぽどまともに見えていた。このころ父はパニック発作の症状に苦しんでいたので、それに近い状態だったのかもしれません。

あとで「お父さんは酔っていたんだよね？　だからあんなふうになっちゃったんだよね？」と訊ねたら、父は「いや、飲んでないよ。でもヨシコはもっとひどいだろ？　あんなのどうってことないよ」と平然と答えました。「ヨシコは白目剝《む》いて気を失っちゃうんだからさ、それにくらべりゃね」とも。

こんな両親ですから、放っておくことはできません。ぼくがしっかり見守っていないと。

ふたりとも根っからの善人であり、倫理観も高いひとたちなので、社会のダークサイドに落ちていくような心配はまったくしていませんでした。けれど、どうにも危うい、脆い、幼い、無邪気すぎる。

こんなんじゃ思春期になってもグレることもできない。ぼくは学校での成績は底辺で、週一で職員室に呼び出されて近況報告を義務づけられるような問題児ではあったけれど、けっしてグレてはいなかった。このへんは発達障害者に多いタイプかもしれませんね。

本人は真面目にやってるつもりなのに、なぜか問題児扱いされてしまう。

あまりにも濃密な関係の反動なのか、それとも世間一般と同じく「反抗期」というやつなのか、母がどうにも鬱陶《うっとう》しくて家ではほとんど口をきかない時期もありました。十三、四歳の頃です。けれどちょうどこの頃、母も鬱がさらに悪化してかなり危険な状態だったので、まったく無視するということもできない。ジレンマですね。距離を置きたいのに、そうすることが恐くて、けっきょくは面倒を見てしまう。母の背をさすり、買い物の帰りが遅ければ、最悪の事態を想像して半泣きで近所中探し回る。

ちょうど世の中のティーンエイジャーたちが荒れていた頃で、そんなドラマや歌がやたら流れていたけど、「ぜいたくなもんだな」と、ぼくは覚めた目で見ていました。大人たちに反抗して暴れるなんて、なんて恵まれているんだ、と。

とはいえ、もし親たちがしっかりしていたとしても、やっぱりぼくはグレなかったと思います。あれは他者ありきの行動ですから。反抗っていうのは、つまりはそういうこと。他者性のない人間はただ「問題児」になるだけです。

それに、ぼくはやっぱり「育てる、癒やす」ことが好きなんだと思います。このあまるエネルギーを誰かをいたわったり癒やしたりすることに使いたい。これは、ぼくという人間の根っこの部分にあるきわめて本質的な傾向です。ただ、とことん閉じているのでその対象はほぼ身内に限定されてしまう。

なので、小説家という職業に就けたことは、ぼくにとってとてもありがたかった。他者と直接触れ合うという行為なしに、「活字」を媒介として、誰かを癒やすことができるんですから。しかも、世界中の何十万、何百万というひとたちを。ぼくは優しい言葉、美しい言葉でもって読者たちの背をさすっているんだと思います。母や奥さんの背をさするように。そうやって自分のうちにある強い欲求を満たしてる。

幸福な家族の記憶

高校二年の頃、母に若いボーイフレンドができて状況が大きく変わりました。ずっとひとりで母を看ていたのが、もうひとり、それを担ってくれるひとができた。これはほんとに嬉しかった。彼はモデルのように美しい容姿と天使のような心を持った優しい青年でした。やっぱり子供のように純粋なひとで、もしかしたらよそではつらい思いをしていたのかもしれない。母にすっかりなついてしまった。そこからぼくらの奇妙な共同生活が始まります。家の中に母のボーイフレンドがいることが当たり前になっていく。三人で一緒に夕食を食べ一緒にＴＶを観る。このことは父も承知していました。どんなふうに思っていたのか最後まで訊いたことはなかったけど、父なりに納得していたんだと思います（なんか岡本太郎の両親みたいですよね）。

母の背をさする役目はボーイフレンドにゆずり、ぼくはやっと自分の人生に集中することができるようになった。けれど、それから三年も経たないうちに二次障害を発症して自由に生きることができなくなってしまうわけですから、なんとも皮肉なもんだなあ、って思います。

二十代の前半はひたすら苦しみの中にあって、さすがに親たちの面倒を見るどころではなかった。それでも、「なんとか、しっかりしなくちゃ」って、ずっと思ってました。ぼくが落ち込んだままでいると両親が動揺してしまう。無理してまで就職したのも両親を安心させたい一心からでした。子の心親知らず。当時のことをずっとあとになって父に訊ねてみたら、「ええ？　そんなことがあったの？　なんとなくつらそうにしてたのは覚えているけど、気付かなかったなあ……」ですって。ほんとノンシャランなんだから。

そんな「親育て人生」の中で、ふと訪れた不思議なほど穏やかで満ち足りた日々。天国の門をくぐるとき、もし三つだけ思い出を携えていけるとしたら、これはその中に絶対入るだろうな、と思っている記憶があります。家族でどこかへ野歩きに行った日の帰り道。ぼくが運転する車の最後列に両親が座り、二列目が息子、そして助手席に奥さんが座っている。みんな歩き疲れて眠っています。彼らの眠りを妨げないように、ぼくはできるだけ静かに車を走らせます。カーステレオからは古い歌謡曲が流れている。

ぼくはふと、自分が運んでいるのは幸福そのものなのだということに思い至ります。そして、この幸せなときが永遠に続けばいいのに、と思う。そんなことはあり得ないのだと分かっていても願わずにはいられない。

ぼくは「育て、癒やす」ことで幸せを感じるようにできています。子を育て、親をいたわり、妻につくす。その悦びがひとつに凝縮されたのがこの光景です。人生の華やぎ、幸福の頂点がここにある。

母の看病、父の面倒

自分の書いた小説が次々とベストセラーになり映像化されていく。それはもちろん心躍る出来事ではあったけど、ぼくが望む幸せは、もっと別のところにあった。ぼくにとっては家族こそがすべてです。ぼくはチンパンジーではなくテナガザルの本能を持った究極のマイホーム主義者です。もとより、「家」より外に関心がほとんど向かないようにできている。

このような僥倖《ぎょうこう》をしっかりと味わい尽くすための社会性――上昇志向、自己顕示欲、財欲、そういったものは家族が世界のすべてだと感じている人間にはほとんど意味を持ちません。そんな機能は持ち合わせていない。あまったリソースはすべて育てる機能や癒やす機能、愛する機能に割り振り済みです。

現代社会において家族を「守り」「養う」ためには、もちろん社会性も必要なんだけど、そこまでは「発達」できなかった。ある意味中途半端。個までは閉じてないんだけど、家族レベルで完結してしまっている。幸せはすべて半径五メートル以内でまかなうようにつくられている。

これがもし個のレベルで完結しているなら幸福はきわめて自己充足的です。いわゆるオランウータンタイプ。彼らは与えることも与えられることも望まない。変数が少ない分、本来なら幸福を得やすいパーソナリティーかもしれません。けれど、とことん社会性に欠けると生きていくことそのものが困難になってしまう。このへんが難しい。

前にもどこかで書いたけど、ホームレスのひとはこのタイプが多いような気がします。落ちこぼれたのではなく自ら社会の外へと漂い出ていった。本人も自覚しないままに。鉤《かぎ》っ鼻で目が大きく落ちくぼみ顎がしゃくれているひとは、とくにそんな気がします。ネイティブアメリカンみたいな風貌のひと。孤高の聖者といった印象がある。

『いま、会いにゆきます』がベストセラーになったその一年後ぐらいから、母の調子がふたたびおかしくなり始めました。人生最大の鬱。十代の頃から繰り返してきたサイクルの最終局面。

定年退職していつも家にいるようになった父が今度は母の看病を担います。背をさすり、リウマチで曲がった指の強ばりをほぐし、発作を起こしたときは救急車を呼んで病院まで一緒に付き添う。四六時中母に寄り添い、不穏な兆しがないかそっと見守る。

このときになって、ようやく母は自分の願いを叶えたんだと思います。父を独占すること。十五歳の頃からともに人生を歩んできたふたりが、かつてないほど親密なときを過ごしている。

ぼくの役目は、ふたりを車に乗せて病院まで連れて行くこと。診察室まで付き添うのは父の仕事です。母の鬱は極めて重症だったので父は大変だったと思います。慣れない看病に戸惑うこともあったでしょう。精神科の医師はぼくに「ご両親は共依存に陥ってます。気を付けて下さい」と忠告しました。それでも父は母に寄り添い続けます。長き不在を償うため、愛するひとと添い遂げるために。

母が亡くなったあと、父は心の状態をおかしくして、しばらく精神薬を服用していました。さらに大病を患い体重を十キロ近くも落としました。「生きたいという気持ちがまったくなかった。いつ死んでもかまわないと思っていた」あとになって父はこのときのことをそんなふうに語っていました。

体とは正直なものです。ぼくはずっと、父は軽く百歳を超えて生きるだろう、と思っていました。とにかくタフなひとでしたから。あり得ないほど見かけが若く（八十代の半ばに達した頃でさえ髪は黒く失った歯は一本きりでした。しかも、毎日連続百回の腕立て伏せをしていた）、気も若く、たいていの二十代の若者よりも健脚でした。それでも、生きることを心が望まなければ肉体もそれに倣《なら》おうとする。

母亡きあとの十数年間、ぼくは父の心を盛り立てることだけに心を注いできました。父に生きる力を取り戻して欲しかった。すぐにでも母のもとへと向かおうとする魂を一日でも長く地上へ引き留める（母には申し訳ないけど）。父が悦ぶことならなんだってする。

作家になって二十年ほど経ちますが、そのうちの十八年ぐらいは母の看病と父の面倒を見るために費やしてきた気がします。同じ時期、義母や義父も大病を患い入退院を繰り返していましたからその看病もあった。

ある意味、そのために作家になったような気さえします。フルタイムで「親育て」ができる。小説はそのあいまに空いた時間を使って執筆する。自分の体調も相まって、連載や量産はとても望めないけれど、むしろそのほうがぼくの性に合っていた。

勤め人のままだったら、こんなことは到底無理だったはずです。恵まれていました。

父との町歩きの思い出

父は超多動な老人でした。多動児ならぬ多動爺。車が渋滞にはまると、目的地がまだずっと先にあってもひとりで降りて歩いて向かおうとする（父はせっかちでもありました）。自転車も好きで、八十を過ぎてもなお二、三十キロの距離を当たり前のように乗り回していました。

なので父を盛り立てるのは簡単です。とにかくたっぷり体を動かすことに誘えばいい。母が亡くなってしばらくは、ひたすらふたりで家具づくりをしていました。家にある家具の多くは父との共作です。父も職人のせがれですから大工仕事は大好きです。いささか過剰とも思える我が家の膨大な家具群は、じつは癒やしの産物でもあったのです。

散歩もしました。父とふたりでどれだけの距離を歩いたことか。毎日のように歩きに連れ出しました。ほとんど犬の散歩状態。「行こう」と言って父が断ったことは一度もありません。車で自然公園や保護緑地に向かい、ふたりで深い森の中をひたすら歩く。このときもぼくはしゃべり続けます。父はほとんどなにも返さず黙って聞いている（ここが奥さんとは違うところです。父の口数はおそらく標準レベルなのでしょうが、我々の中にいると「無口」のように感じられてしまう）。

犬の散歩と言いましたが、穏やかで「口数の少ない」父は、どこか気のいい牧羊犬のような印象がありました。要求は少なく、我慢強く、黙々とぼくのあとから付いてくる。野歩きには最高の相棒です。タフなひとなので気遣いの必要もありません。

町歩きもよくしました。車で東京の下町などに向かい、コインパークに駐車してそこから歩き出す。父は葛飾区堀切《ほりきり》生まれの「下町っ子」なので、ごちゃごちゃっとした裏路地を巡る下町歩きが大好きです。

こんなときは各自自由行動です。集合時間だけを定め、それぞれが好きなコースを歩く。ぼくも父も初めての土地に行くと、あえて自分から迷子になります。あらゆる路地を精査して頭の中に地図をつくり上げ、それをもとに出発地点に戻ってくる。この気質は間違いなく遺伝です。だとすればこれもまた進化によって獲得した生存のための戦略ということになる。多動と好奇心。これはまさに探索者に必須の資質です。新たな泉を探す。実のなる木を探す。安全な土地を探す。そんな役目にうってつけ。農耕以前には、きっと重宝がられていたと思います。

夏はさすがに外を歩くのはきついので舞台をショッピングセンターに移します。各自好きなように歩き回ったあと食品売り場に集合して、ぼくは父のためにフランスパンとコーヒーを購入します。父は若いひとたちでも怯《ひる》むような石のように固いフランスパンを好みます。柔らかなパンはパンじゃない！　とまで言い張ります。それを自前の歯でガリガリ噛《かじ》る（火葬されてお骨になったときでさえ、多くの歯がまだ顎の骨にくっついたままになっていました。係のひとが「この年齢では珍しい！」と驚いていました）。コーヒーもぬるいのは嫌いで沸騰してるような熱いやつを好みます。熱けりゃ味はなんだっていい。なので、もっぱら自販式の百円コーヒーで済ませてました。安上がりなひとです。

仕事の現場にもよく連れて行きました。講演や舞台挨拶、撮影現場の見学。『そのときは彼によろしく』の撮影現場に行ったときには、主演の山田孝之《やまだたかゆき》さんが父の隣に座って携帯電話をいじっている、というかなりシュールな光景を目にしたこともありました。

休憩中の山田さんは、まったくくつろいだ様子で、父は父ですぐ隣に座る青年が主演俳優であるということに気付いておらず、不思議なほどにふたりは馴染《なじ》んで見えました。

父は書店巡りも好きでした。ぼくの新刊が出ると、自転車で近隣の書店を巡り、どのぐらいの冊数が置かれているのかを見て回る。それをメモ書きにして増減を調べていたこともありました。その辺はとてもまめです。

都内の大型書店はぼくが車で連れて行きます。平積みされていたり、ポップ書きが添えられていたりすると父は一気に活気付き、興奮してぼくに報告してきます（ぼくはなんとなく恥ずかしくて、こういったときは別の場所で父を待ちます）。そんなときの父の嬉しそうな顔といったら！　しみじみ、いい親孝行ができたなあ、と思います。作家にならなかったら、こういったことはすべてできなかったのですから。

父の幻覚とパニック発作

そんな日々が十数年続いたわけですが、やがて八十を過ぎたあたりから徐々に父の様子がおかしくなり始めます。原因は脳の酸素不足（とぼくは思っています）。大病のあと父は慢性的な貧血症に陥っていました。お医者さんは、老人はこのぐらいの方が脳梗《のうこう》塞《そく》になるリスクが低く抑えられるのでかえっていいぐらいだ、とおっしゃっていたんですが、父は若い頃から血圧が高い方で一一〇ぐらいしかなく、歳を取ってもずっとそのままだったので、貧血症と相まって脳に酸素がじゅうぶんに行き渡らなくなってしまった。脳細胞は酸素が不足すると炎症を起こします。この炎症によってもとからあった症状が増幅されてしまった。

症状とは、すなわちパニック発作と幻覚です。勤めを終えた頃から父はときおり幻覚を見るようになっていました。母が亡くなってからは、よく「ヨシコの声が聞こえるんだ」と言っていた。「うとうとしていると、誰かが額を指でノックするんだ。お前なのか？　と訊ねると、そうよ、ヨシコよ、って答えるんだよ」

そんなときの父はけっこう幸せそうでした。死を越えてなお愛するひとの気配をそばに感じていられたのですから。


けれど、この幻覚とパニック発作が同時に起きると、ことは一気に厄介になる。ぼくは幻覚は夢に似ていると思っています。ぼく自身はセロトニンの血中濃度が一番低くなる明け方に悪夢を見ることが多い。ブレーキが弛《ゆる》み脳が暴走を始めると、それに見合った物語を脳が紡ぎ始める。

父の脳でも、おそらくそれに近いことが起きていたはず。まずはパニック発作ありき。理不尽なまでに増幅された不安と恐怖。すると脳はその感情に見合った物語を勝手に紡ぎ始める。夢との違いは、父は目覚めた状態でその物語の中に身を置いている、ということです。ぼくと同様、父も世界の終わりのビジョンを頻繁に幻視していました。

症状がひどいときには、叫びながら駅前通りまで駆けて行き、通行人ひとりひとりに、「世界の終わりが来るぞ！　早く逃げるんだ！」と声を掛けまくるなんてことも。あとを追いかけながら、ぼくは声を掛けられたひとたちに「なんでもないんです、気にしないで下さい。すいません」と謝り続けます。おかげで町でも有名な親子になってしまいました。

もちろん病院にも連れて行きました。内科、脳神経内科、認知症外来。検査を受けて分かったのは父が驚くほど健康だということ。メタボリックシンドロームとはまったく無縁（あの多動ですからね）。脳の萎縮も見られず、脳梗塞の痕跡や動脈瘤《りゅう》も見つからない。だとすれば、やはり問題は貧血症と年齢の割には低い血圧ということになる。

[*83]レビー小体型認知症も幻覚を見るので、それを疑って認知症外来で専門医の診察も受けましたが、すぐに「これはうちの管轄ではない」ということで精神科を紹介されることに。けっきょく最終的に付けられた診断名は「[*84]器質性精神障害（によるせん妄）」。なんかざっくりしてますよね。でも、脳の中で起こっていることは、きっとぼくの推測で間違っていないはず。そのことを精神科の先生に告げると、「わかりました、では脳の炎症を抑える方向で治療してみましょう」とおっしゃって下さった。それまで、いろんな薬を出されてきたんですが、どれもむしろ症状を悪化させていたので、この言葉にはほんと救われた思いがしました。やっとぼくが望んでいた治療を施してもらえる、って。

ところが――。治療をおこなう前に検査をしてみると、なんと肺炎を患っていることが判明。ふたたび内科のある病院に転院です。

この肺炎には思い当たる節がありました。父の「逃走」です。父はパニック発作が起きるとどうにも落ち着きを失い、ついには外に出て行ってしまう。無理に閉じ込めようとすると、得意のゴルフスイングで窓ガラスを割ってまで出て行こうとする。本人も必死です。

分かる気もします。ぼくもパニック発作を起こしたときは、じっとしているとますます症状が悪化していく感覚がある。アドレナリン[*85]が大量に分泌されているわけですから、なんとかそれをはけさせなくてはいけない。「逃走か闘争か」ホルモンです。動物は敵に出会うと、闘争や逃走に備えて一気にアドレナリンなどのホルモンが分泌されるという説です。「仮想の逃走」に使う、っていうのは理にかなってる。ぼくは電車の中でパニック発作を起こすと、いつも先頭車両と最後尾の車両のあいだを何往復もしてなんとか気持ちを鎮めようとしていました。そして駅に到着するとホームに飛び出し、そこでようやくほっとする。

きっと父も同じ思いなのでしょう。家の中にいると閉所恐怖、拘禁恐怖に襲われる。だから外に出て行こうとする。さらに血中に溢れ出たアドレナリンを消費するために、ひたすら歩き回る。ふつうのひとには想像も付かないだろうけど、発達障害者でさらに二次障害を発症してる息子だからこそ、そんな父の気持ちを察することができた。「お父さん分かるよ、つらいよね」と言ってあげられる。

パニック発作が波状的に襲ってくると、結果として一日中こんな騒動を繰り返すことになる。十時間ぐらい歩くのは当たり前。発作が起きているときは連動して妄想にも取り憑《つ》かれていますから、この「歩く」というのはまさに「逃走」でもあるわけです。妄想がひどくなると、ぼくのことも父を追う一味かなにかのように思うらしくて、あとを付いていくとすごく警戒する。無理に距離を詰めようとすると、走って逃げていってしまう。一度などは走る父を車で追いかけたこともありました。信じられないぐらい逃げ足が速い。

なので、少し離れて陰からそっと様子を窺《うかが》います。父は記憶障害はないので迷子になる心配はありません。それでも、念のためあとを追う。

なんですが——、これが夏場になって、さらに日中の一番暑い時間帯になると、とんでもなくつらい。父はアドレナリン全開で心身ともにブーストされた状態にあるので、暑さもまったく気にしません。けっきょく、ぼくのほうが先に熱中症でダウンしてしまう。こっちは「素」の状態ですから、とてもかなわない。

しかたないので、あるときから父の靴にGPS[*86]をこっそり装着してスマートフォンで位置を確認することにしました。父の「逃走」はほぼパターンが決まっていて、だいたい同じようなエリア内を移動している。そして一時間も歩くと気分が落ち着いてくるのか家に戻ってくる。

こっちはＦ－１のコックピットクルーよろしく、父が戻ってくると一気にエネルギーの補給に掛かる（ペットボトルを持たせてはいるんだけど、なかなか自分からは飲もうとしないので）。経口補水液を飲ませ、アイスパックで額を冷やし、さらにアイスキャンディーやスイカを食べさせて糖質も補給する。

これで家に入ってくれればいいんですが、それがなかなかそうもいかない。しばらくは玄関脇に置いた父専用の椅子に座ってくつろいでいるんだけど、そのうちにまたぞろ次の発作が襲ってきて第二ラウンドの開始です。ふたたび幻影からの逃走劇が始まる。終わりなきフーガ。

無理矢理拘束するというのは最後の手段と考えていました。自分の身になって考えたら、それはとてつもなく苦痛なことですから。けれど、つねに熱中症の心配はあるわけです。いくらタフなひととはいえ、すでに八十半ばに達した老人ですから。それに歩く距離が半端じゃない。葛藤はつねにありました。

夜は風呂に入れると、そのあとでマッサージです。さすがに足や腰がパンパンに張っている。三十分ぐらいかけてじっくりマッサージしていると、そのうちすやすや眠ってしまう。遊び疲れて眠る子供みたいなもんです。あれだけ歩けばね、そりゃ疲れるでしょ。

入院をさせる前の日はこの症状がピークに達し、朝の六時から夜の十一時まで「逃走」を繰り返しました。熱中症の症状は最後まで見受けられなかったのですが、きっとかなり脱水していたんでしょうね。それが誤嚥《ごえん》を招き、この日々のどこかで肺炎を発症していた。

持病もなく、検査のあらゆる数値も貧血を除いては健康体そのものだったので、きっとすぐに治るだろうと思ってました。けれど、父の心はそれを望んではいなかった。拘束されたベッドからの逃走を父は願ったんだと思います。そして肉体というくびきを離れ、父の魂は母の元へと旅立っていきました。最後の大脱出です。

発達障害と親の問題

息子は「じいじは元気すぎて死んじゃったんだね」と言ってました。ぼくの漢方の先生は「お父さんの心はすぐにでもお母さんの元へと行きたかったのに、あまりにも生命エネルギーに溢れていたものだから、最期にそれをすべて使い尽くすことで、ようやく旅立っていったんだね」とおっしゃってました。まあ、いずれにしてもいかにも父らしい人生の仕舞い方です。

『そのときは彼によろしく』でもぼくは、主人公の父親は最期、全力疾走のすえにゴール地点で息絶える、って書いてますし。父には、そんな終わり方しか思い浮かばなかった。

母とは最期まで目には見えない透明な臍《へそ》の緒で繋がれているような感覚があったので、亡くなった後のダメージはあって当たり前と思っていました。じっさい思い切り心身を壊し十キロも体重を減らしましたし。けれど、父とはほとんど情緒的な交流がなかったので、きっとどうってことないだろうと思ってました。ところがさにあらず、母のとき以上のダメージを受けてしまった。

きっと一緒にいる時間が長すぎたんだと思います。あまりにもそばに寄り添いすぎた。必死になって育ててきた親がついにふたりともいなくなってしまった。長い長い「親育て」の終わり。人生の大きな目的がなくなってしまった。この喪失感はとてつもなく深かった。

あれから一年以上が過ぎ喪も明けました。さて、どうしましょう?

答えは初めから決まっています。誰かを育て、いたわり、癒やしたい。その思いはけっして変わらない。

その手始めがこの加筆された章なのかもしれません。多くの「仲間たち」に先例を示したい。それはまたぼくが両親から授かったものでもあります。母は人生の終わりに大きく鬱に振れほんとにつらい思いをしました。逆に父は大きく躁に振れ、それがもとで亡くなってしまった。ふたりの声が聞こえてくるようです。「しっかり見たな。お前は決してどちらにも転ぶなよ」って。だから精一杯努力します。細く険しい道ではあるけれど、きっと手はあるはずです。そして「仲間たち」にもそれを示したい。

発達障害者にとって親の存在というのはけっこう厄介な問題だったりします。じつは親もまた発達障害者であることが多いからです。そして、そんな無自覚の発達障害者である親が晩年にどのような老い方をしていくのか。そこに子供はどう対処していくべきなのか——。いつか機会があれば、そのへんのこともまた、もっと詳しく語ってみたいと思っています。

作家生活

書くことは無意識の自己治癒行為

『ぼくが発達障害だからできたこと』が出版されたのが二〇一六年。そして翌一七年に小学館から『ＭＭ』が出て、さらに次の年の一八年に朝日新聞出版から『私小説』が出版されました。いまのところ国内で出版されたぼくの本はこれが最後。ここ三年本が出ていないことになります。いわゆるちゃんとした「小説」ということになると、もう四年も新しい本が出ていません。

そのあいだも原稿はせっせと書き続けていました。この五年ぐらいのあいだに書いた未発表の原稿はのべで三千枚を超えていると思います。物語を書くこと自体は好きなので、誰に読まれなくても執筆を止めようとは思わない。書くことは生理現象、あるいは無意識のうちに為される自己治癒行為のようなものなので。

なのですが、じつはここ最近執筆のペースが大きく落ち込んでいます。「不具合とその対処、治療法」では触れませんでしたが、もうかれこれ一年以上眼を悪くしていて、長時間モニターを見続けることができない。父親が入院した頃から、この眼の不具合は出始めていました。以前にも何度かストレスが掛かると同じような症状が出ていたので、そのうち治るだろうとたかをくくっていたのですが、まったくよくならない。

痛みがあるので本も読めません。というか、本を読むのが一番きつい。タブレットで植物の画像を眺めてる方がよっぽど楽です。紙の印刷物であっても、活字を追うというのは眼にかなりの負担が掛かる行為なのかもしれません。

さらに抑鬱の問題があります。精神のエネルギーが大きく低下すると、受動的、事務的な活動はできても、自発的、創造的活動がひどく困難になる。物語を紡ぎ出すというのは思っていた以上にエネルギーのいる行為なんだな、とあらためて思い知りました。

まあ、逆を言えば、もとが障害のレベルで脳が活性化していたからこそ、あることないこと、いくらでも言葉を紡ぎ続けることができた、ってことなんでしょうけど。

海外での大ブレイク——世界中の読者を癒やす

なんやかんやそんな感じで、この先もいまのところ小説の新作を国内で発表する予定はありません。これだけあいだが空いてしまうと、なんだかもうすっかりたそがれたような気分になってしまいます。

もとより、ぼくはそんなに売れるタイプの作家ではなかった。「純愛小説」というのは、そもそもそんなに需要のあるジャンルじゃない。小説を習慣的に読むひとの中で、ぼくの新作を探してまで購入してくれるという読者は、ごく限られているように感じます（その多くが、じつは発達障害を抱えたひとなのではないか、とぼくは思っています）。

『いま、会いにゆきます』の大ヒットはあくまで異例の出来事だった。『冬のソナタ』と片山恭一《かたやまきょういち》さんの『世界の中心で、愛をさけぶ』があったからこそのヒットだったのでしょう。絶妙なタイミングでした。

まあ、一発屋とはいわないけれど、あえていうなら床屋さん、つまりはさんぱつや？ぐらいの感じかと。いまは、すっかり静かなものです。国内は――

一方、海外はなんだかとっても賑やかです。

翻訳本の数もそろそろ六十冊に届きそう。毎月のようにどこからか翻訳出版のオファーが来る。昨日も、二ヶ国、四冊増刷分の印税支払い通知書が届きました（金額は微々たるものですが）。

『私小説』でもちょこっと触れましたが、一八年に映画『いま、会いにゆきます』が韓国でリメイクされ『Be With You』として公開されました。それがとても大きかった。[*87]ソン・イェジン、[*88]ソ・ジソブの二大スターが澪と巧《たくみ》を演じたこの作品は恋愛映画としては記録的な大ヒットとなり、ふたたびアジア中に『いま、会いにゆきます』ブームを巻き起こしました（そのあとで、ソン・イェジンさんがヒロインを演じた[*89]『愛の不時着』

は日本でも大ブームになりましたよね）。

『私小説』の中では、パニック発作をどうにか克服して韓国での映画公開に立ち会いたい、などと書いていましたが、けっきょくそれは叶いませんでした。こんな大ヒットになるなら無理してでも行くべきだった、と後悔しきり。ただ、翌二〇一九年、日本での公開のときには、イ・ジャンフン監督とともに初日の舞台挨拶に立つことができました。これはほんとに楽しかった。監督は風貌も中身もぼくとよく似ていて、まるで弟のよう。舞台挨拶前、あちらのご家族とこっちの家族、うちはぼくの父親まで同席して一緒に食事をしたんですが、その三時間ほどのあいだ監督とぼくはずっとしゃべりっぱなし。話が尽きない。一日中でも話していられる。わりを食ったのは通訳の方で、けっきょくほとんど料理に箸を付けられないまま。あとで奥さんから叱られました。ちゃんと周りに気を遣いなさい、って。

映画は韓国だけでなく、アメリカ、カナダ、イギリス、アイルランド、オーストラリア、ニュージーランド、台湾、シンガポール、ベトナム、マレーシアなど十七ヶ国でリリースされました。その影響なのか、『いま、会いにゆきます』の新装版出版が各国で相次ぎました。とくに韓国版は表紙のデザインがとてもすばらしく、一目で気に入ってしまいました。一面のヒマワリ畑の中、赤い傘を差した澪と巧が少し離れて向かい合ってる姿（でも、よく考えてみると小説の中にはこんな場面出てこないんですけどね）。

さらに、殺到したのがリメイクのオファー。リメイクのリメイク？　よく分からないけど、この韓国版『Be With You』をぜひリメイクしたいってことなんでしょう。映画会社や監督だけでなく、なぜか原作者のぼくのところにまで直接リメイクのオファーが来る。多くはInstagramのダイレクトメッセージ機能を使って。中国、インド、アメリカ、と国も様々。もう、どんどんリメイクして！　って気分です。ここまで来れば一発屋（いや、さんぱつやでした）も悪くない。ぼくは一生『いま、会いにゆきます』の作家として生きていくんでしょう。

奥さんとの恋の馴れ初めが、ここまで世界中に広まるっていうのもなかなかないもの。インド版『踊るいまあい』とか観てみたいですけどね。うちの奥さんの子供時代のあだ名は「ヒンズー」でしたし。風貌がインドの女性っぽい。彼女は踊れるから群舞のエキストラに使ってもらいたい。きっと馴染むはずです。

舞台挨拶のすぐあと、今度はインドの創作カレッジの生徒さんたちとスカイプを使ってビブリオトークをしました。彼らは『Be With You』を教科書に使ってくれていたんですね。これは楽しかった。機会があれば、どんどんやってみたい。世界中の読者とこんな形で直接交流したい。準備は大変だったんですが（通訳が見つからず、結局はアメリカ留学中の日本人女性にお願いして、日本、インド、アメリカの三ヶ国中継となりました）、それでも直接海外に渡航するよりはよっぽど楽。ネット回線の速度がどんどん上がって、VRゴーグル[*90]の機能が向上し、機械翻訳の精度が高まれば、ヴァーチャルワールドツアーなんてことも可能かも。ちょっとわくわくしてきます。

さらに夏にはフランス国営放送ラジオの女性ディレクターが来日して、彼ら夫婦（ご主人も国営放送のディレクター）と一緒に東京ツアーをしました。スタートは渋谷のNHK。まずは朝のラジオ番組に出演し、次いで「スタジオパーク」[*91]を見学（この施設はその後閉館されてしまいました。その前に行っておいてよかった）。その後、都心から郊外へと車で移動しながら様々な場所でインタビュー動画を撮影。これらの動画はあちらの放送局の公式サイトで公開されたようです。

このディレクターさんが「今度はラジオであなたの小説の朗読をしたい」と言って来て下さったので、実現すればいいなと思っています。以前パリのFM放送局が一週間通しで『そのときは彼によろしく』の特集を組んでくれたことがあったんですが、国営放送となると聴いているひとの数も違ってくるので。このパンデミックの中、ぼくの小説がひとりでも多くのひとの心を癒やすことになれば、これほどの喜びはありません。

お隣イタリアでは、二〇一九年末に『Oggi』という雑誌が組んだ特集で、『いま、会いにゆきます』が取り上げられました。この『Oggi』という雑誌は日本の女性誌とは全く関係なくて、アメリカの『LIFE』を手本としたイタリア最古のニュース雑誌だそうです。

　この特集というのが、「最も有名な作家のペンから生まれた近年最も美しく高く評価されたロマンチックな本（！）」二十冊を選んで新装版を限定出版するというもの。ロマンチック小説ということで、だいたいはヨーロッパの女性作家さんなんだけど、ぼく以外の男性作家ではアメリカのニコラス・スパークス[*92]が『Dear John』で選ばれていました。たしかにあれもとびきりロマンチックな物語でしたね。

　恋愛小説家としては、こんなに嬉しいことはありません。ロマンチック道極めたり！って感じです。純粋さも優しさも、行き着くところまで行ってしまえば、それもまたオリジナルな才能と認めてもらえる。世界はふところが深いです。

『避難民の娘』が世界を救う夢

　二〇一九年末には、もうひとつ大きな出来事があって、それは『The Refugees' Daughter』という小説を英語圏で出版したこと。版元は[*93]Red Circleという出版社。日本人の小説をもっと世界の人々に読んでもらいたい！　という強い熱意のもとに設立された会社です。創設者おふたりのパワーがすごい。とんでもなく多動で、それが夢を実現させていく強力なエンジンになっている。度を越えた好奇心や思い付いたことを即行動に移すところなんか、どことなくぼくにも似ていて、偶然の出会いとは思えないぐらい強いシンパシーを感じます。

『The Refugees' Daughter』には元となる「避難民の娘」という小説があります。二〇一七年の春に、ぼくはこの物語を書き上げました。執筆の切っ掛けは、ＴＶニュースの画面に映った避難民の子供の姿でした。すっかりやつれ果て、感情の失せた虚ろな瞳でぼんやりカメラを見つめていた。こんな子供たちを励ます物語を発信できたら――、そう思ったら、いてもたってもいられなくなり、すぐさま執筆に取り掛かりました。このへんの衝動性は子供の頃からまったく変わっていません。思い付いたら即行動がぼくの原則です。考えるのはそのあとで（なので、けっこうな確率で失敗します）。

ストーリーはすぐにできあがりました。執筆もけっこう早かったです。最初は書きすぎて千枚を超えてしまったので、そこから二百枚削って現在の形になりました。言いたいこと書きたいことがありすぎて、放っておくとどんどん増えてしまう。多弁症作家の厄介なさがです。

出だしはこんな感じ。

――明日、わたしたちは門をくぐる。

それがどこに通じているのか、はっきりと答えられるひとはいない。当然よね。門をくぐって戻ってきた人間は、ただのひとりもいないんだから。

でも「放送」を聴いたってひとならいる。難民たちは声を潜めてその噂を囁き合う。

「放送」っていうのは、つまりは精神感応みたいなものなんだろうけど、それがバッドチューニングのラジオのように、わたしたちになにかを語り掛けてくる。「放送」に気付くのはたいていい感度のいい子供たちで、こういった特殊な能力は世界の終わりのトレンドみたいになってる。繰り返し語られてきた例のパターン——危機的状況に陥ると、その種の中に新たなブランチが生じる、って話はどうやら本当のことらしい。

彼らは奇跡の逆転劇をもたらす救世主？　いまのところは、そんな大袈裟なものじゃないけど、もしかしたら、って思うことはある。だって、このままじゃほんとに世界は終わってしまうから。

じつはわたしにもこの能力が少しだけあって、何度か優介《ゆうすけ》の声を聞いたことがある。といっても、たいていは、すごく遠くて曖昧で、声というよりは感情のエコーみたいなものだったけど。

でも、このエコーがわたしをいざなうの。勝手な思い込みかもしれないけど、彼がわたしを呼んでいるって、そう思えてならない。だからわたしはずっと行きたいと願ってた。こんな暴力に満ちた世界を逃れ、彼が待っているその場所へ。

明日の命さえ分からないのなら、恋にすべてを賭けるっていうのは十六歳の少女にとってすこぶる正しい選択のように思う。争うのではなく、愛のためにわたしはこの命を使いたい――


気候変動、資源の涸渇、富の格差、紛争、パンデミック、水や大地の汚染等々によって崩壊の危機を迎えた近未来の世界を舞台に、ひとりの少女が「構築者」と呼ばれる謎の存在がつくった避難所を目指して家族とともに旅する物語です。ある意味『こんなにも優しい、世界の終わりかた』の男女逆バージョンとも言えます。

この小説の中でぼくは、避難民こそがこの世界を救う真のヒーローなんだ、というメッセージを繰り返し述べています。すべてを失った避難民たちに、せめて自尊心だけでも取り戻す切っ掛けとなるような物語を提示したかった。

ということで、避難民たちに読んでもらいたいのだから、やはり世界共通言語とも言える英語で出版すべきだろう、とぼくは考えました。でも、どうすればいいのか皆目見当が付かない。で、何人もの編集者さんに相談しました。どうすればこれを英語圏で出版できるでしょうか？

返ってきたのは、「それはとても難しいでしょう」という答え。ほとんど無理。日本の小説が英語圏で出版されるには、芥川賞とか有名な賞を取るか、あるいは数十万部のベストセラーを出すしかない。そういった実績のない原稿を向こうの出版社に送りつけても、まったく相手にしてもらえない。まずはどこか日本の出版社から発刊することを考えるべき――

でも、日本人にとって関心の薄い避難民の話は、ベストセラーどころか出版することすら難しいはず。ならば忠告を無視して暴挙に走るか？　自費で翻訳して、原稿をこれぞと思う英語圏の出版社や映像制作会社に送りつける。もともとぼくはデビュー作となった『Separation』を小学館に送ったことで『いま、会いにゆきます』に繋がった経験があるので、こういったことはけっこう得意です。

けれど、調べてみるとこの翻訳料がばかにならない。八百枚の原稿だと数百万円は掛かりそう。本が出ず、貯金を取り崩して暮らしているぼくにはとてつもなく大きな金額です。ならばボランティアのひとを探して翻訳してもらう？　じっさい、ぼくもボランティアでドイツの女性脚本家が書いた英語のシナリオを日本語に翻訳しているところです。英語圏にいる自分みたいなひとを探すか……？

そうやってあれこれ毎日悩んでいたところ、ある編集者さんが（この『発達障害だから強くなれた』の編集者さんです）、「Red Circleの代表の方と会ってみませんか？」と言って来て下さった。そして、これが結果として『The Refugees' Daughter』の発刊へと繋がったわけです。この出会いはほんとに大きかった……。

ぼくの願いは、『The Refugees' Daughter』を読んだ英語圏の編集者が、長編版の出版をオファーして来てくれることです。いまのところ、そのようなオファーはありませんが諦めてはいません。ノーベル平和賞候補にもなった著名なイギリス人活動家の方に、熱い思いをしたためた手紙とともに『The Refugees' Daughter』を献本したり、様々な国の映像関係者に打診してみたりと、いろいろと動いています。いまは、なんとかバ[*94]ラク・オバマさんに献本できないかと、その方法を探しているところです。

さらに、『The Refugees' Daughter』の姉妹編とも言える短編を現在執筆中で、これもまたRed Circleから二〇二一年に発刊される予定です。

これら二冊の本を執筆していく過程で、思いは徐々に膨らんでゆき、避難民を励ますだけでなく、彼らを生み出した紛争や飢餓そのものをなくしていくような活動ができないだろうか？　と考えるようになりました。『MM』という小説も、じつはその活動のひとつとして書かれたものです。ぼくはこの小説の中で初めて「国境なき少年少女団」という言葉を使いました。さらに『私小説』の中でもぼくはこんなことを書いています。

避難民の少女が世界を救う。彼女だけじゃない。傷付き虐《しいた》げられた子供たちが、欲と憎しみに駆られた大人たちの心を変える。猛《たけ》る心を鎮め、優しさで世界を染めていく。

避難民は慰められるだけの存在じゃない。誰かを殴るための拳を持って生まれてこなかった彼らこそが世界を救うヒーローなんだ！

『The Refugees' Daughter』には、次のようなあとがきがあります（じっさいには、出版スケジュールの都合でこのあとがきが載ることはありませんでしたが）。

いまこの世界を覆うさまざまな危機的状況、気候変動――洪水や干ばつによる飢餓、留まることを知らない貧富の格差、地域紛争やテロリズム、そして難民問題――。我々作家はそこにどう向き合っていくのか？　いまの時代、小説はどのようであるべきなのか？

それに対するぼくなりの答え、あるいはサンプルのようなものがこの『The Refugees' Daughter』です。これは声なき者たち、弱者や虐げられた者、力の論理によって表舞台から遠ざけられてきた者たちの物語です。彼らは人を殴るための拳をもちません。寛容や協調、非暴力といった、いわば母性のような大らかさで隣人たちに手を差し伸べようとします。

ぼくは物語には世界を変える力があると信じています。たったひとりでは大した変化を生むことはできないだろうけど、それが十人の作家、百人の作家、千人の作家となれば、なにかを変えることができるかも知れない。いわば「国境なき作家団」のようなものです。世界を覆う感化ネットワークを構築すれば、有権者や消費者たちに、より正しい行動を促《うなが》すことができるようになるかも知れない——

岐路に立つ人類に向けての物語

なんかすごく大きなことを言ってますが、本当にぼくはそう思っています。こういった大言壮語的、誇大妄想的な理念を掲げたがるっていうのは、発達障害者の特徴なのかもしれません。前例を無視する傾向、過剰な想像力、そしてなにより「鉱山のカナリア」的気質が「世界を変えなくちゃ！　このままではほんとにエライ事になるぞ！」とぼくを急《せ》き立てます。なにもしないでいるとパニックに陥りそうになる。世界のことが心配で心配でどうにも落ち着かない。どれだけ微力でも、とにかく自分にできることを全力でやる。そうすりゃ、やらなかったことを後悔しないで済むから。

スウェーデンの[*95]グレタ・トゥーンベリさんが環境活動家として世界の注目を浴びたとき、その言動を見て「もしや……」と思ったのですが、案の定、彼女は「自分はアスペルガー症候群である」と発表しましたね。言動がぼくとよく似ている。やっぱり「仲間」だった。きっと彼女も気候変動のことが心配でならなかったんでしょう。こういったところは不安神経症的な傾向も関係しているのかもしれない。一般のひとのように「たかをくくる」ことができない。「だろう」ではなく「かもしれない」。いや、「きっとそうだ」と思ってしまう。

　彼女が始めた[*96]「Fridays for Future（未来のための金曜日）」という気候変動学校スト運動はあっというまに世界中の子供たちのあいだに広がっていきました。ぼくもあれと同じことを願ってる。「Fridays for Future」ならぬ「Narrative for Future《未来のための物語》」運動が世界中の創作者のあいだに広がって欲しい。集団主義的、他罰的物語ではなく、寛容と協調によって新しい世界を構築していく物語。

　今回のパンデミックによって、世界は間違いなくこれまでとは違う姿に変わっていくはずです。つまり、人類はいま大きな岐路に立っていることになる。その一歩をどの方向に向かって踏み出すか。創作者たちは強い自覚を持ってそこに立ち会うべきです。いままで通り、復讐や懲罰によって得られるカタルシスを気前よく提供し続けるのか。それとも、もっとちがうビジョンを提示して世界に対話を促すのか？

ぼく自身はいままで通りと言えばいままで通り、「世界の優しさの総和を少しでも増やそう」運動を続けていくつもりです。これまでの人生は、いわば長い前振りみたいなもの。いよいよここからが本番です。ぼくらしく、天から授かった「非常識力」でもって、誰もやったことのないようなやり方で優しさの総和を増やしていこうと思っています。

注釈

＊57　精液の赤玉説　男性が一生のうちに射精できる精液の量には限界があり、打ち止めの印として赤玉が出るという都市伝説。

＊58　腎気　漢方医学において、内臓機能で成長・発育・生殖などに関わる機能である「腎」に保持される精気のこと。生来持つ精気は経年とともに失われてゆくとされる。

＊59　鉱山のカナリア　危険が迫りつつあることの前ぶれの意。かつて炭鉱労働の際に、有毒ガスを察知してカナリアが鳴き止む性質を警報装置的に利用していたことから転じた慣用句。

＊60 藪漕ぎ　藪などの草が繁茂するなかをかき分けて進むことを指す登山用語。

＊61 曝露療法　不安障害などに用いられる行動療法の一種。不安や恐怖を抱いている対象にあえてクライエントをさらす。不安への反応方法を変えてゆくことが目的。

＊62 興奮転移理論　ある状況で発生した生理的覚醒（胸がドキドキするなどの反応）が、しばらく時間がたったあとの喜び、怒りなどの情動を高める方向に影響するという説。米国アラバマ大学の心理学者ドルフ・ジルマンによって提唱された。

＊63 ミラーニューロン　霊長類などの高等動物の脳内において、他者の動作を見たときに自身が同一の動作をしているときと同様の反応をしめす脳細胞のこと。

＊64 動物は本能的に近親同士でつがうことを避ける、というあの説　近縁個体間の交配は、遺伝子の多様性の低下をもたらすことがある。そのため、近親交配を避けるメカニズムを持っている生物のほうが生き残っていると考えられている。

＊65 発達障害者の二次障害　発達障害の症状によって二次的に発生する障害のこと。社会との適合に困難が生じて鬱病等の精神疾患を起こすことなどをいう。

＊66 反応性低血糖　低血糖症の一種。食後に急上昇した血糖値が数時間あとに急激に下がること。

＊67 ナイアシン　人間の体内でトリプトファンからつくることもできるビタミンB群の一種。神経症状を防ぐ働きがあるとされる。

＊68 グルテン断ち　グルテンは小麦・ライ麦などに含まれるたんぱく質の一種、グルテニンとグリアジンが水を吸収することで生成される。このグルテンの摂取を止めることで、疲れやすいこと、だるくなることや胃の不調などが改善されるとされるのがグルテン断ち。グルテン・フリー。

＊69 噴門　胃と食道をつなぐ部位のこと。

＊70　蠕動運動　摂取した内容物を送り出す、腸の収縮運動のこと。

＊71　トリプトファン　人間の体内では生成不可能である必須アミノ酸の一種。セロトニン・ナイアシンの生成に関与する。

＊72　セロトニン　トリプトファンから合成される神経伝達物質。セロトニン神経系の何らかの異常が精神疾患に関与すると考えられている。

＊73　オメガ3系脂肪酸　ＥＰＡやＤＨＡなどの多価不飽和脂肪酸のこと。魚介類（魚や甲殻類）に含まれている。

＊74　ヘンプパウダー　麻の実から、油を搾りだした後に残る殻をパウダー状に加工したもの。

＊75　シュウ酸　ホウレンソウやチョコレートなどに多く含まれるカルボン酸の一種。

＊76　トリガー　物事を起こすきっかけのこと。銃を発砲する引き金を指すトリガーから転じた語。

＊77　パーゴラ　つる性の植物を這わせることで日陰棚をつくる、木材を組んだ棚。住宅の庭先などに設置される。

＊78　テラリウム　金魚鉢などの透明な容器に植物を植えて、インテリア装飾として栽培する方法。苔類の栽培が主流。

＊79　ナウシカの植物の培養室　『風の谷のナウシカ』は宮崎駿による漫画作品・アニメ映画。有毒物質を発する「腐海」が科学文明の崩壊した地を覆うなか、少女・ナウシカが勃興する人類の争いに立ち向かう姿を描いた作品。ナウシカは自身の城の地下で、無毒な腐海の植物を培養している。

＊80　シダ　植物分類学上の一門。葉の裏にある胞子嚢から散布される胞子により繁殖することが特徴的。古生代より存在すると考えられる。

＊81　エアプランツ　土、水なしで生育できる植物のこと。空気中の水分を吸収し成長する。

＊82　スウェーバック　相手のパンチを、上体を後ろにそらすことで避ける動作を指すボクシング用語。

＊83　レビー小体型認知症　脳の大脳皮質領域にレビー小体という構造物ができ、神経細胞を壊すことで起こる三大認知症のひとつ。

＊84　器質性精神障害　脳の器質的病変、あるいは脳以外の身体障害により二次的に脳が障害を受けたことを原因とする精神障害のこと。

＊85　アドレナリン　副腎髄質ホルモン。交感神経を刺激し、心拍数を上げる、血圧を上昇させるなどの作用がある。

＊86　GPS「Global Positioning System」の略。米国国防総省が管理する人工衛星から情報を取得した位置情報計測システム。もともとは軍事用に開発されたもの。

＊87　ソン・イェジン（一九八二〜）韓国の俳優。主演作に『私の頭の中の消しゴム』『愛の不時着』など。

＊88　ソ・ジソブ（一九七七〜）韓国の俳優。主演作に『ごめん、愛してる』『カインとアベル』など。

＊89　『愛の不時着』韓国で放送されたテレビドラマ。動画配信サービスNetflixで世界一九〇ヶ国に配信され、日本でも話題になった。

＊90　VR「Virtual Reality」の略。コンピューターによって作られた仮想的な世界を、現実世界のように知覚させる技術。

＊91　「スタジオパーク」NHKスタジオパーク。東京都渋谷区の放送センター内にあった見学施設。二〇二〇年五月に閉館。

＊92　ニコラス・スパークス（一九六五〜）米国の作家。大学を卒業したあと、セールスマン、ウ

エイターなど様々な職業を経験しながら作家を志すなか、一九九六年に発売された『きみに読む物語』が全米で六〇〇万部を超す大ベストセラーとなり人気恋愛小説家となる。

＊93 Red Circle　英国ロンドンと東京に拠点を置く出版社。現代日本文学の翻訳出版を専門としている。

＊94 バラク・オバマ（一九六一～）第四四代米国大統領。初めてのアフリカ系アメリカ人・有色人種・ハワイ生まれの元大統領。

＊95 グレタ・トゥーンベリ（二〇〇三～）スウェーデンの環境活動家。二〇一八年、十五歳のときに「気候のための学校ストライキ」というプラカードを掲げて、より強い気候変動対策を求める呼びかけをスウェーデン議会の前で行ったことで名が知られるようになり、『タイム』誌の「二〇一八年世界で影響力のある未成年二五人」の一人に選出された。二〇一九年、国連気候行動サミットで行ったスピーチも大きな注目を集めた。

＊96 Fridays for Future　グレタの活動をきっかけに、全世界の若者中心に広まっている環境活動。政策立案者に気候変動対策を求めるストライキなどを行っている。

「生物学的多様性」と発達障害の「可能性」

解説　星野仁彦（福島学院大学大学院教授）

星野仁彦（ほしの・よしひこ）
一九四七年福島県生まれ。心療内科医・医学博士。福島学院大学大学院教授、副学長。

ふたりの出会い

平成二十八年三月、朝日新聞出版で市川拓司氏にお会いした際に、大変失礼なことを申し上げてしまいました。「初めてお目にかかります」とご挨拶すると、市川氏は特有の人懐っこい笑顔で「四〜五年前に、某通信制の高校・大学が主催したひきこもりと発達障害のセミナーに一緒に参加させていただいたんですよ」と説明されたのです。当時の詳しい内容は失念しましたが、既に発達障害児・者の生き方について二人密《ひそ》かに意気投合していたのでした。

その後、市川氏は私の書いた『発達障害に気づかない大人たち』（二〇一〇年・祥伝社新書）と『まさか発達障害だったなんて』（さかもと未明氏との共著、二〇一四年・PHP新書）、特に後者を熟読してくださったそうです。

「さかもとさんは不遇な家庭環境に育ち、発達障害に加え大変な合併症を抱えて、深刻な生きづらさを感じているようですね。自分も同じ障害を抱えていますが、それでも前向きに頑張って社会に貢献することができるという明るい希望を社会に示したいんです」との市川氏の言葉に、同じ障害を持つ先輩として、私も深い感銘を受けました。

本書は、市川氏ご自身の生きてこられた軌跡から内的体験までが、市川氏特有の詩情にあふれた、独特の感性豊かな表現で著されています。同時に過去の著書からの美しい文章がちりばめられています。読者は市川拓司の小説世界を味わいながら、同時にアスペルガー障害（ＡＤ）、注意欠陥・多動性障害（ＡＤＨＤ）の臨床症状や言動、対人関係、仕事面の生きづらさなどについて深く理解することができるでしょう。

通常、発達障害者は自分自身について客観的に観察し洞察すること、つまり自己認知ができていないことが多いのですが、市川氏はそれを深くなさっており、これは極めて稀有《けう》なことです。本書の記述は幅広く深い知識と造詣《ぞうけい》に裏付けされており、専門医の私からみても十分に納得できます。

恥ずかしながら小生も、自分の発達障害に気づいたのは精神科医になって数年経ってからで、自分の症状を深く知れば知るほど、外来診療にあたる際に的確な診断と治療ができるようになりました。

孫子の兵法にもある「敵を知り、己を知れば百戦殆《あや》うからず」の良い例でしょう。

市川氏を精神医学的に診断する

まずは市川拓司氏の精神医学的診断です。本書の中で語っていることを例にあげて、わかりやすく発達障害について説明します。

診断基準として、世界で最も一般に用いられており、アスペルガー障害も扱うＤＳＭ－Ⅳに基づいてお話しいたします。これは米国精神医学会（ＡＰＡ）によって一九九四年に作成・発表されたものです（近年改定されたＤＳＭ－５には問題点が指摘されていますので、ここでは用いません）。

結論から言えば、市川氏は注意欠陥・多動性障害とアスペルガー障害にほとんど該当します（※ＤＳＭやＷＨＯ〔世界保健機関〕が作成したＩＣＤ診断基準では、症状が当てはまっていれば病名を幾つ並べても良い）。しかし厳密に当てはまるかと言えばそうではありません。

「社会的、学業的または職業的機能において臨床的に著しい障害が存在するという明確な証拠が存在しなければならない」、「その障害は社会的、職業的または他の重要な領域における機能の臨床的に著しい障害を引き起こしている」とあるように、発達障害のために著しい社会不適応を示していることが障害と診断するための絶対的な条件とされています。

わかりやすく言えば、子供では学校などの集団での不適応、大人だと職場などでの不適応を示しているという条件が不可欠です。市川氏は小説家として既に成功されており、社会的にも自立しており、また結婚して家庭を築いているわけですから、厳密に言えばＡＤＨＤとＡＤの診断基準には該当しません。

しかし他の項目についてはほぼ該当していますので、以下、市川氏のＡＤＨＤとＡＤの症状についてわかりやすく列挙していきます。

ＡＤＨＤ（注意欠陥・多動性障害）的診断

まずＡＤＨＤですが、市川氏は本書の中で「手の付けられない多動児」で、「授業中キチンと座っていることができず、いつもソワソワしていた」などと述べているので、ＡＤＨＤの基本的な臨床症状である多動・衝動性、不注意があったものと思われます。不注意優勢型の症状として、ボーッとして自分の世界に入り、授業中によく寝ていたようです。このような症状が最も目立つのは学童期（小学生）であって、それ以降は目立たなくなるのが一般的ですが、市川氏もそうでした。

また、幼少時から今に至るまで「多弁」もあるようですが、これはいわば「舌の多動」なのでしょう。声の大きさも調節ができず、すごく大声で、マシンガンのように早口で途切れることなく、五〜六時間ぶっ通しで喋り続けます。人の倍の速度で喋るので、実質十時間分の内容を相手に浴びせることになります。奥さんとは高校三年間ずっと同じクラスで、班も一緒のことが多く、大声・多弁の一番の被害者だったようで、「あなたの話し相手をするとものすごく疲れる」と言われたそうです。

また「多動症状」と類似していますが、「ローラースケートを履いて、自転車にまたがり、急坂を一気に下って、そのまま一〇メートルくらい先の田んぼまでダイブした」「彼女から離れるためにバイクで日本一周の旅に出た」などは行動面の「衝動性」でしょう。

頭の中で思い付いたことを後先考えず、悪気なく、周りの空気や相手の気持ちも考えずベラベラと喋ってしまうのは言語面の「衝動性」でしょう。

これらの行動面と言語面の衝動性はADHDでもADでもよく認められます。ADHDよりもむしろADの方でより大きな問題になります。ADは「正義感」が強く、「いつも常に自分が正しい」「親も教師も友人も間違っている」と頑固に信じていますので、深刻な結果を招きます。新聞、TV、雑誌などのマスコミではあまり報道されませんが、我々発達障害の専門医は、この衝動性が小中学校でのいじめの問題に深く関わっているという共通認識を持っています。つまりいじめられっ子にもいじめっ子にもなりやすいわけです。

なおADHDは多動・衝動性優勢型（ジャイアン型）と不注意優勢型（のび太型）と混合型の三つのサブタイプに分類されますが、市川氏は前二者両方の傾向がありますので、混合型でしょう。

AD（アスペルガー障害）的診断、主に自閉について

次に、ADの臨床症状について述べます。ADの最も基本的な症状はいわゆる「自閉」ですが、これは以下のうち少なくとも二つにより示されます。

1）目と目で見つめ合う、顔の表情、体の姿勢、身振りなど、対人的相互反応を調節する多彩な非言語的行動の使用の著明な障害。

2）発達の水準に相応した仲間関係をつくることの失敗。

3）楽しみ、興味、成し遂げたものを他人と共有することを自発的に求めることの欠如。

4）対人的または情緒的相互性の欠如。

最も基本的な症状である「対人的相互作用の質的障害」は、知的障害を合併する自閉症（いわゆる低機能自閉症）にみられる「完全な孤立」や「全くのひとり遊び」とは異なり、判別しにくく、かつ具体的に鑑別しにくいものです。患者自身も自分で気づいていないし、親や教師にもわかりにくい症状です。

またADは知能が平均レベルかそれ以上に高いため、学校や職場などの社会的・公共的な場では正常な人のように装ったり模倣したりすることができるのです。言い換えれば、外では普通に見られるように演技することができます。そのため専門の精神科医には、専門的で熟練した経験と知識が求められるわけです。

市川氏の場合は基本的には幼児期・学童期から対人関係で孤立しがちで、学校では時々奇異な行動を示すため、いじめられてしまうこともあったようです。人との会話に口をはさんで、自分の知っていることを一方的に喋ったりします。また、人と視線を合わせることも苦手で、市川氏自身このことに気づいてから、できるだけ人と視線を合わせるように努力していたそうです。

マンツーマンでは会話ができたようですが、三人以上になると会話が混乱して聞き取れなくなってしまうのもＡＤ特有の言語コミュニケーション（会話）の不得手さでしょう。「人の名前と顔がおぼえられない」というのも、対人的相互反応が乏しい証拠でしょう。また「電話で人と話すことが恐怖症《フォビア》に近いほどできない」という現象もその表れでしょう。市川氏自身が分析しているように、「他者との軋轢《あつれき》に対する耐性がないものだから、基本的には人から離れていようとする。友人にも会えば会ったで楽しくて大はしゃぎするんだけど、自分から積極的に声を掛けてまでは会おうとしない」のもそのためです。また「チャンピオンクラスの多弁のくせして、道に迷っても誰かに聞くということができない」というのも、ＡＤからくる対人的疎通性の乏しさと言ってよいでしょう。

興味のあることだけに熱中する

次にＡＤの基本的な症状として、「行動、興味及び活動の限定された反復的で常同的な様式」とされ、かつて「強迫的同一性保持行動」や「こだわり（強迫的）行動」とされたものがあります。これは以下の少なくとも一つによって明らかになります。

1）その強度、または対象において異常なほど、常同的で限定された型の一つまたはそれ以上の興味だけに熱中すること。

2）特定の、機能的でない習慣や儀式に頑なにこだわるのが明らかである。

3）常同的で反復的な衒奇《げんき》的運動（例えば、手や指をばたばたさせたり、ねじ曲げる、または複雑な全身の動き）。

4）物体の一部に持続的に熱中する。

DSM特有の翻訳で大変わかりにくいので、私なりに説明すると、ADの人は、自分の興味のある、ごく限られた物事に熱中し、それに関連した情報を集めるのに多大な労力と時間を費やすことを厭《いと》いません。例えば車、電車、気象、地図、歴史から宇宙、昆虫などに至るまでの、カタログ的な知識の収集はその最たるものです。自分の興味を持った分野については驚異的な記憶力を示す人がいますが、これはイディオ・サヴァン（サヴァン症候群）と昔から呼ばれていました。彼らは自分の興味・関心のあること、特に視覚的な情報を記憶することは得意ですが、頭の中で想像することや予測することは苦手です。

ADの人は、自分なりの特定の習慣や手順、順番に強いこだわりがあって、臨機応変な対応ができず、変更や変化を極度に嫌います。ルールや決まりごとを頑固に守り、融通が利きません。突然予定を変更されるとたちまち不機嫌になったり、パニックに陥ったりします。

加えて、自分の空想、ファンタジーの世界に一度入ってしまうと、現実検討力が弱く、現実世界への切り替えが難しくなります。パソコン、携帯・スマホ、ゲーム、ギャンブルなどにいったんはまるとそこから抜け出せなくなるのはそのためです。

市川氏はこのＤＳＭ判断基準にほぼ確実に該当しています。本書の中で、「十年も二十年も同じ服を着続ける」と述べているのも、この「行動、興味及び活動の限定された反復的で常同的な様式」でしょう。

これには同じ遊びにこだわることも包含されます。「高いところから飛び降りるのが三度の飯より好き」と書かれていますが、これはよく自閉症の子供にみられる行動です。また「朝礼のとき、いきなり朝礼台の上に飛び乗って奇妙なダンスを猛烈に踊りまくり、挙げ句の果てに足を踏み外して落っこちて気を失う」とも記しています。

行動や興味の限局として、とにかく「走ること」が好きで、学生時代には陸上選手を続け、選手を辞めてからも一人で野山を走るのが一番楽しかったそうです。また、ひたすら家の周りを散歩して、奥さんから「徘徊《はいかい》」と呼ばれますが、一日二〇キロから三〇キロ歩いていたそうです。彼女から離れるために最後にとった行動がバイクで日本一周の旅に出ることでしたが、この時彼は大卒後就職した会社を辞めて無職となり、いわゆるニート状態だったので、「自分探し」の意味があったのかもしれません。

「行動、興味及び活動の限定された反復的で常同的な様式」としてADの人は一様に「人間」でなく、「機械（器械）的なもの」や「自然（動植物）」に熱中することが多いのですが、市川氏もこの点では該当します。

とにかく緑が好きで彼の家は植物だらけです。書斎はジャングルのようです。シダ、苔《こけ》、イモ、ツル植物などの熱帯植物が多いようです。水も好きで家中水槽だらけで、きれいな水を見ているだけで幸せな気分になります。

また水を連想させるためか、キラキラ美しく光り輝くもの——ガラス、鏡、よく磨かれた金属なども大好きです。極端にシンメトリーなもの、特に鏡像が大好きです。彼は自身を「超自然志向」、「反復への執着」と表現していますが、正に妥当な表現でしょう。

ＡＤ者が機械的なものにこだわる通り、市川氏も「物づくり」が大好きです。物心ついた頃からずっと何かを作り続けており、職人気質が備わっているようです。父方の祖父は文字書き職人で、母方の叔父は東宝の美術担当でした。

また、ＡＤ特有の「視覚認知能力」でしょうが、彼は静止画だけでなく、動画も頭の中で自由に再生させることができます。手のひらの上に架空のオブジェを置いて、それを三六〇度回転させることができます（彼は「脳内ＡＲ（拡張現実）」もしくは「自家製ホログラム」と呼んでいます）。従って市川氏はものを作るときも設計図は描きません。からくり玩具などは可動部分が多いので紙の図面はかえって不便なようで、頭の中の立体映像ならば、自由に歯車やカムやリンク機構を動かすことができるわけです。

市川氏のこのような能力は、西洋ルネサンス時代の美術家・彫刻家で万能人間と呼ばれたレオナルド・ダ・ヴィンチやミケランジェロと通じます。彼らも市川氏と同様にADHDやADを有していたことが多くの医学論文や著書で指摘されています。また、実際の実験は絶対不可能にもかかわらず、頭の中のイメージとひらめきだけで特殊相対性理論や一般相対性理論を組み立てたアルバート・アインシュタインも市川氏と同様、ADHD、ADを有し、脳内ARや自家製ホログラムの能力を持っていました。

広義のこだわり（強迫的）行動や常同行動として、市川氏は何かを観察するときに「ディテール（枝葉末節、詳細なもの）」にこだわってしまいます。全体をまとめて見るのではなく、細部を見てしまうのです。観光地などに行くと、全体の山並みや空を見るよりは道路の苔や虫をじっくり観察するのも、AD者によくみられる特徴です。彼らが学生時代に提出物のレポートで枝葉末節にどこまでもこだわった結果、制限枚数を大幅に超過する大論文になったり、ロールシャッハ・テストで小さなインクのシミにこだわって独特の解釈をするのもそのためです。

さらに市川氏は自分の文章そのものを「微小ブロック構造」と呼んでいます。これは小さな言葉のブロックをしっかり積み上げて行くレンガ塀みたいな文体だと言います。

また、彼が子供の頃から読む本は、なぜか翻訳物が多く、「翻訳されたあとでもその構造がしっかりと残っていて読みやすい」と言います。私にとっては専門外ですが、英語の方が「微小ブロック構造」に近いということなのでしょうか。

ADのDSM診断基準のその他の項目について

以上に挙げた他に、以下のものがあります。

※その障害は社会的、職業的または他の重要な領域における機能の臨床的に著しい障害を引き起こしている。

これについては前述したように、市川拓司氏は該当しませんので、厳密にはADの診断基準には当てはまりません。

※臨床的に著しい言語の遅れがない（例えば、二歳までに単語を用い、三歳までに意思伝達的な句を用いる）。

この言葉の遅れがないものを「アスペルガー障害」、言葉の遅れがあるものを「高機能自閉症」と呼んで両者を区別する研究者もいますが、研究者によって考え方が異なり、両者を区別しない研究者もいて、現在は後者の学説が優勢になっています。

※認知の発達、年齢に相応した自己管理能力、対人関係以外の適応行動、および小児期における環境への好奇心などについて臨床的に明らかな遅れがない。

※他の特定の広汎性発達障害または統合失調症の基準を満たさない。
以上、ＡＤのＤＳＭ診断基準を列挙しましたが、その他にもＡＤに特徴的な臨床症状があります。以下、それらの症状について列挙します。

知覚障害と共感覚（シナスタジア）

ＡＤの人は、聴覚、触覚、嗅覚、味覚などに異常に敏感だったり、逆に鈍感だったりします。彼らは往々にして食物の好き嫌いが多く、極度の偏食の人もいます。味覚、嗅覚のこだわりとともに、それらに過敏な反応をするためです。

その一方で触覚過敏のあまり、人から触れられることに異常に敏感だったり、衣服の感触に敏感で服のタグを嫌ったりします。またある種の音を極度に嫌がり、騒々しいところでは不機嫌になったり、逆にハイテンションになったりする聴覚過敏現象を示すことがあります。特に花火やピストルのような大きな音や機械音に対して過敏でパニックになることもあります。

市川氏の場合、極度の偏食があり、肉をほとんど食べず、野菜と穀物を好んで食べるのも上記の味覚、嗅覚の異常によるものでしょう。また「多人数場面で別のモードやハイテンションになる」と述べているのはこの聴覚過敏が関わっている可能性があります。

電車やバスなどの乗り物やコンサートなどでパニック発作が起きるのは、一つには強い対人不安・恐怖のためであり、もう一つはこの聴覚過敏が関わっていると思われます。

市川氏はほとんどの感覚（聴覚、嗅覚、味覚、触覚など）が過敏である一方、痛覚だけは鈍感であり、「怪我をしてもしばらく気付かないこともある」と述べていますが、これも自閉症でよくみられる症状の一つです。低機能自閉症で、頭や顔を叩くなど自傷行為が激しいことがあるのもそのことと関連しています。

これらの知覚障害（異常）との関わりで、「共感覚（シナスタジア）」という特殊な素質・能力があります。例えば共感覚を持つ人は文字に色を感じたり、音に色を感じたり、形に味を感じたりします。通常の人には理解しがたいことですが、市川氏は「ある種の音が聞こえると、光の模様や格子模様や円環のような同じパターンの絵が幻覚のように見える」と述べています。

この共感覚は特に周りが静かな場面で何か突然に音が聞こえると、目の前にはっきりと光り輝くような光の放射状の模様が見えたり、大変美しい光り輝くオブジェが見えるようです。

これは神経系の病気とみなされることがあるにもかかわらず、ＤＳＭやＩＣＤ診断基準に掲載されていませんが、それは共感覚が日常生活を送る上で問題を引き起こすことがないとされているからです。共感覚者にとっては日常生活において支障がなく、むしろそれを快適だと感じている人さえいます。

かつては共感覚で感じる知覚というのは一人ひとり全く異なるとされてきましたが、最近の研究では、知覚に幾つかの共通点がみられることがわかってきました。

また、芸術家や詩人、小説家には、それ以外の人より共感覚者が約七倍多いことも近年の研究でわかりました。さらにケンブリッジ大学自閉症研究センターの調査によると、一般の人が共感覚を持っている確率は七・二パーセントなのに対して自閉症の人では一八・九パーセントにのぼることがわかりました。

神経学者のリチャード・E・シトーウィックは共感覚の診断のための基準を以下のように定めています。

1）共感覚者のイメージは空間的な広がりをもち、はっきりと限定されたロケーション（位置）を特定できることが多い。
2）共感覚は無意識的に起こる。
3）共感覚の知覚表象には一貫性がある。
4）共感覚は極めて印象的である。
5）共感覚は感情と関係がある。

なおこの「共感覚」はADと同じく遺伝的素質が関係しています。市川氏の父親は幻視体験（その他の病歴を詳しく聞いても決して統合失調症によるものではない）があり、いろいろなものが見えてしまい、「いつもなんだかとってもしあわせそう」だったそうです。叔母も普通に「亡くなった叔父たちが見える」と言っていました。また市川氏の息子さんは「文字」に色がついて見えるようで、ドレミ♪の和音にそれぞれ色がついて見えます。これら市川氏の言うところの「幻覚体験」は、統合失調症や、アルコール・覚醒剤中毒などでみられる幻覚ではなく、上記の共感覚に類したものだったのでしょう。

また市川氏が本書の中で、「追想発作」や「側頭葉てんかん」と呼ぶものも、この共感覚に特有の「ノスタルジックな郷愁のような感情体験」が共感覚に伴ったものであった可能性があります。

市川氏が三十歳を過ぎ、何度も高熱に襲われて入退院を繰り返していた頃、些細なことが契機になって、「遠い過去の自分が不意打ちのように現れて」市川氏に憑依《ひょうい》しました。不思議なのは、それが「他の瞬間とはっきりと区別できる」ということでした。

この追想発作は、自閉症児・者が突然何年も前の思い出——ほとんどトラウマ（心的外傷）になっている過去の嫌な思い出がフラッシュバックしてパニック、不安、興奮状態になるものとは違います。私の臨床体験でも、フラッシュバックは自閉症児・者では頻繁にありますが、この追想発作はほとんど経験がないので、共感覚と同様非常に稀な現象なのでしょう。

また「側頭葉てんかん」とは医学的に、「脳波上にてんかん性異常脳波が出現し、意識レベルが低下して特有の幻覚や妄想や異常行動が起こるもの」ですが、それとは異なるようです。

脳生理学的に見れば、通常の人は外界の視覚刺激、聴覚刺激、嗅覚・味覚刺激、触覚刺激などがそれぞれの感覚器官を通して脳に入力されると、それぞれ脳の視覚中枢、聴覚中枢、嗅覚・味覚中枢、触覚中枢などに入って感覚として認知されるわけですが、共感覚者の場合はこれらのインプットされた感覚刺激が、その他の神経回路にまぎれこんで新しいシナプスを形成し、共感覚が生じるのであろうとされています。なお神経学者のシトーウィックが発表しているように「感情と関係がある」「極めて印象的である」のはこれらの入力された感覚刺激が、感情の中枢である大脳辺縁系（扁桃核《へんとうかく》、海馬）などの神経回路に紛れ込んで新たなシナプス形成をしているものと考えられます。

睡眠障害について

発達障害児・者は睡眠障害が多く、睡眠に関連する種々のトラブルが多いことは専門医の間でよく知られています。特に低機能（知的障害を伴う）自閉症児や重度の心身障害児は生まれて間もない乳児・幼児期より睡眠覚醒リズムがなかなか確立しません。

発達障害児・者は、夜泣き・中途覚醒が多く、寝つき（入眠）・寝起き（覚醒）も悪く、寝相が悪く（睡眠中の体動が多く）、いびき、寝言、歯ぎしりなどのパラソムニア（睡眠時の異常行動）も多いとされます。また、全体的に心（精神）と身体が深く眠る

「ノンレム睡眠」（深い睡眠）が少なく、身体は眠っても心（精神）が眠っていない「レム睡眠」が長く、そのためこの時間に夢、特に悪夢をみることが多いようです。

これらの睡眠障害は低・高機能自閉症やアスペルガー障害児・者も含めて幅広くみられます（睡眠障害がない例もあります）。

睡眠はその長さだけではなく深さも重要です。いくら長い時間寝ても眠りの浅い睡眠（レム睡眠）が長く、肝心の「ノンレム睡眠」が短いのでは「睡眠効率」（就床時間に対する深い睡眠の割合）が悪いわけです。人間は高齢になるほど「ノンレム睡眠」が短くなり、「レム睡眠」や浅い睡眠が長くなります。高齢者が家族から見て眠れているようなのに「昨夜は眠れなかった」とよく言うのはそのためです。

効率の良い睡眠は人間の精神と身体にとって極めて重要です。近年の研究では夜十分に長く眠れないと、ガン、糖尿病、高血圧、肥満などの生活習慣病や、うつ病（気分障害）、アルツハイマー型などの認知症、ＰＴＳＤ（心的外傷後ストレス障害）などの不安障害にもなりやすくなることが示されています。逆にうつ病や認知症やＰＴＳＤなどの不安障害の初発症状や臨床症状として、「夜寝付けない入眠障害」「夜中に目が覚める中途覚醒」「朝早く目が覚める早朝覚醒」「悪い夢（悪夢）をみる」「夜間せん妄となって徘徊する」などの症状がみられます。

夜間の「ノンレム睡眠」において心身の健康にとって極めて重要な、成長ホルモン、メラトニン、セロトニン、副腎皮質ホルモンなどの刺激ホルモンが脳の視床下部――下垂体系から分泌されます。「寝る子は育つ」と言う通り、多くの身体疾患が夜ぐっすり眠ると治るのも、成人しても分泌されている成長ホルモンのおかげです。夜眠れないと免疫力が低下するのはメラトニン、副腎皮質ホルモンや成長ホルモンが分泌されないためであり、眠れないと老化が早く、女性でお肌の化粧の「のり」が悪いのもメラトニンが分泌されないため、うつ病やＰＴＳＤや様々な不安障害になりやすいのはセロトニンが分泌されないためです。

市川氏が重度の睡眠障害を示しているのはＡＤや高機能自閉症と関連している可能性があります。「ノンレム睡眠」が少なく入眠障害と途中覚醒がみられ、「レム睡眠」が多く、夢が多すぎます。金縛りにあうことが多いのも、レム睡眠が長すぎるためですが、レム睡眠から覚醒状態に戻るときに頭ばかり覚めていて、身体は弛緩《しかん》状態になって身動きが取れないからです。

睡眠を十分に深く長く取れないと、小児期のみならず成年になっても分泌されている成長ホルモンが出なくなり、その他の内分泌中枢、摂食中枢（食欲中枢）、自律神経中枢、免疫中枢が十分に機能しなくなって心身の発達と健康が大きな影響を受けます。市川氏が体が細く、一七六・五センチの身長で体重が四〇キロ台と「痩せすぎ」なのもそのためでしょう。

全般性不安障害、パニック発作と自律神経症状

市川氏は「十代後半から二十代前半までのエッジの利いた鋭い不安感や、どうにも拭いきれない強迫観念などが、徐々に薄れていくのと入れ替えに、今度は心身症（自律神経失調症）の嵐が始まった。特にひどくなったのは、突発性頻脈などの不整脈、過呼吸、呼吸困難。パニック発作、動悸《どうき》、冷や汗、めまいなどの心身症の症状であった」と述べています。これらはいずれも自律神経症状であり、特に自律神経系のうち交感神経系が過剰興奮状態になっているためと考えられます。

また、「パニック発作」がひどく、「予期不安」があるため、「乗り物への不安」（乗り物恐怖）が多く、「死への不安」も非常に強いようです。その他、身体の病気への「心気不安」、多人数の場面での「対人不安」、何にでも完璧を求める「強迫不安」、子供を育てたときの「子育て不安」がありました。これらは広い意味の不安障害のカテゴリーに入り、これらには前述した全身の自律神経症状をほとんど伴います。つまり、心の不安症は身体症状である自律神経症状を必ず合併しています。このように幅広い領域で様々な不安を示して日常生活や仕事にも支障をきたすのは、ＤＳＭ－Ⅳで全般性不安障害と呼ばれています。

かなり専門的な話になりますが、心の不安・緊張が全身の身体症状を必ず合併するの

は、大脳の中心部にある大脳辺縁系～視床下部～下垂体系のラインが密接に連携して働いているからです。この大脳辺縁系は「感情（気分）」と「不安・安心感」を司る中枢です。視床下部は重さがたった4グラムですが、ここに自律神経中枢、性欲中枢、摂食中枢、内分泌中枢、免疫中枢などが集まっています。その下にある下垂体からは、成長ホルモン、副腎皮質刺激ホルモン、甲状腺刺激ホルモン、性腺刺激ホルモンなどの各種ホルモンが分泌されます。

人が心の病、例えばうつ病（気分障害）や、PTSD、パニック障害などの不安障害になると身体症状を示すのは、上記の大脳辺縁系～視床下部～下垂体系のシステムがアンバランスになっているからです。

うつ病やPTSD・パニック障害などになると、気分が落ち込んで意欲・気力がなくなり、不安焦燥感（焦り、イライラ）とともに、全身の自律神経症状（全身倦怠《けんたい》感、便秘、口渇感、頭痛、動悸、めまい、吐き気など）が出て、夜眠れなくなり、食欲がなくなり（人によっては過食になり）、免疫力が落ちて、ガンや感染症、時には膠原《こうげん》病などの自己免疫疾患になるのもこのためです。一般にはうつ病やPTSDやその他の不安障害は「心（精神）の病」と思われていますが決してそうではなく、心も身体も侵される「全身病」なのです。うつ病、PTSD、その他の不安障害などは遺伝的要因と、心理的ストレス、トラウマ、家庭環境などの様々な心理的要因によって起きますが、ある程度重症になると臨床症状はほぼ共通したものになります。

聖書にも「心の楽しみは良い薬である、たましいの憂いは骨をも枯らす」（旧約聖書・箴言《しんげん》一七章二二節）とある通り、この大脳辺縁系～視床下部～下垂体系のシステムが「心と身体はつながっている」ことを如実に示しています。中国の古代医学でも現代日本の心身医学でも、「心身一如」という言葉は有名です。

母親と父親の精神障害と遺伝のこと

ＡＤ・自閉症双方とも遺伝的負因が極めて強く、一卵性双生児の研究では、片方がＡＤや自閉症の場合、もう一方もそうである確率は八〇～九〇パーセントです。なお、二卵性双生児の場合は、二〇～二五パーセントです。

市川氏がＡＤや自閉症と診断される場合、ご両親の遺伝的負因が重要なので言及してみたいと思います。母親には注意欠陥・多動性障害があったと思われます。不注意優勢型（のび太型）というよりむしろ、多動・衝動性優勢型（ジャイアン型）の方が該当するようです。ＡＤと診断できるかどうかはもっと詳しい情報が必要です。

一方、父親のことはあまり記載されていません。発達障害はなさそうですが、典型的な日本型仕事人間で、育児には放任的であったようです。なお後述するように、母親は市川氏と共通してパニック・不安発作の既往があり、サーダカウマリ能力（シャーマン体質）もあったようですので、これは遺伝的負因があったのでしょう。市川氏の発達障害は、母親の方から受け継がれていた可能性が大きいようです。

母親はもっと大きな問題として、双極性障害のⅡ型（Ⅰ型と違って躁《そう》病相が軽くて短く、長くて深いうつ病相に先行する）が合併していたようです。欧米の研究では、この双極性障害Ⅱ型はⅠ型よりはるかに発症頻度が高く（人口の七〜八パーセント）、しかもＡＤＨＤ、自閉症などの発達障害に合併しやすいとされています。近年の研究では、双極性障害のⅡ型と発達障害は遺伝的にかなり近縁のものとされています。

母親が双極性障害Ⅱ型の典型例であったことを示す記載があります。薬の影響もあるのか、太って動きまでもがスローになります。なにごとにも批判的になり、世間、そして自分自身さえをも否定してしまいます。市川氏が五歳になる頃には、もう母とは精神年齢が逆転し、母はまるで童女のようでした。ものすごい癇癪《かんしゃく》を起こして子供に手をあげます。大抵は苦しそうに床に臥していました。

市川氏は、そんな様々な苦しみから逃れるために、毎晩のように誰もいない真っ暗な田園地帯をひとり駆けていました。それが慰めでした。市川氏には一時期気分が落ち込んで無気力な暗い時期と多弁・多動な時期があったようですが、母親のような、明らかな双極性障害のエピソードは確認されません。

サーダカウマリ能力（シャーマン体質）について

市川氏は、特にハイテンションで興奮状態になると目の前に様々な幻視が見えるようです。目の前二〇センチのところにまるでこの世のものとも思えぬ、いろいろな色の水晶が台座の上に乗っているのが見えます。さほど回数は多くありませんが、水色や黄色のジャージを着た人が自分の後ろに立っているのが見えたこともあるそうです。また直感というか第六感が強く、あらかじめ危険を予知し回避する能力があります。

「何の脈絡もなく、昔の心的状態がそのまま蘇るという、記憶のしゃっくりみたいなものにいつも襲われているので、現在と過去が入れ子状態になっている」という「追想発作」や、「至高体験」にも似た突発的な感情の亢進《こうしん》、幻視や幻聴、そういったものに三十を過ぎた頃から頻繁に襲われるようになり、「ぼくはこれらのすべてを楽しんでいます」と著しています。この能力も親譲りで、母親は幻視の他に霊視能力があり、人霊や幽霊を見たり、もうすぐ死にそうな人を言い当てたり、時に神がかりの、いわゆる憑依状態になってひきつけや失神を起こしたりしています。

いわゆる「シャーマン」（巫女《みこ》）たち、沖縄の「ユタ」や恐山の「イタコ」は元来このような霊能力を持っていることが基本的な条件です。沖縄では「サーダカウマリ」（高い霊力を持って生まれてくること、生まれた人）がのちに夫婦や家族間の不和、家族との死別、経済的破綻、生活苦など一種の危機的、個人的苦悩を経験した後、「カミダーリ状態」（症状）となり、ユタへの第一歩が始まります。

「カミダーリ状態」における独特の神がかり体験としては「夢見」の形をとる「幻視」、神の声を聞く「幻聴」「妄想」などのほか、予知能力、透視能力もあります。この時期は精神医学でいえば、一種の解離状態（意識の変容状態）やトランス状態になっていて、市川氏の話では、一種の特異な能力が備わってきて、第六感（いわゆる「虫の知らせ」能力）が強くなったり、無意識の「自動書記」ができるようになり、知らない単語が頭の中に出てきて書けるようになります。市川氏の母親も遺伝的にこのような能力が備わっていたようです。

複雑型PTSD（反応性愛着障害）について

市川氏はご自身の母親との体験を繰り返し語っています。「幼稚園や学校から帰ると、緞帳《どんちょう》のように厚い緋色《ひいろ》のカーテンで陽を遮った薄暗い部屋の底に母が臥せっている」「母は心と体の調子を崩して行った。このころは本当に辛そうでした。うつがかなりひどくなり、死のことを何度も口にしていた」とある一方で、「母がむせ返るほどの愛をぼくに注いでくれたことも大きかった」「母の死を常に恐れながら育ったぼくは、ひと一倍死に対する感受性が強くなった」などの表現があります。

児童精神医学や精神分析学的に解釈すれば、市川氏の幼児期より母親は元来の双極性障害のうつ病相が重くなり、一種の産後うつ病の症状も重なって、「意欲減退」でほぼ寝たきりになり、「抑うつ気分」による感情の不安定から著しい「不安焦燥感」が強くなって、「全身倦怠感」などの全身の「自律神経症状」や「希死（自殺）念慮」が強くなったのでしょう。この母親の影響を受けて、母が寝たきりのときは「ネグレクト」されたり、感情不安定のときは「暴言や暴力」をぶつけられたり（うつ病は攻撃性の病気と言えます）、母親が「退行」して子供返りしたときには母親と「共依存」の状態になって大人の役割で面倒をみてあげていました。

この頃の記憶を市川氏は「ロック」し（鍵をかけ）て、詳細なことを語りませんが、広い意味で、ネグレクト・放任の状態であったろうと思われます。幼児期・学童期の子供は普通は母親に「わがまま」を言って甘えたり、子供が喜ぶ遊びにつきあってもらったり、時には悲しくなって泣きわめいてもそのまま受容してもらったりするものですが、市川氏はこのような愛着行動や依存（甘え）欲求を長い間心の中に「抑圧」してきたのでしょう。

よく知られている「単純型ＰＴＳＤ」というのは、ある程度の年齢（思春期以降）になって戦争、テロ、犯罪被害、レイプ（強姦）、ＤＶ、激しいいじめ、自然災害、大震災、原発事故などによって大きなトラウマを受けることで、無感情・無気力になったり、逆に過覚醒・興奮状態になって夜も眠れなくなったり、トラウマ体験がフラッシュバックしたりします。またトラウマを受けた場所や状況を回避したりするようになります。

しかし幼児期、学童期の親子（母子）関係の歪《ゆが》みによるものは複雑型ＰＴＳＤ（反応性愛着障害）と呼ばれて、より深刻で永続的な後遺症を残します。市川氏が後に強いパニック発作を繰り返したり、「対人不安」「強迫不安」「子育て不安」「心気不安」や強い「死への不安」と全身の自律神経症状を繰り返しているのは、この複雑型ＰＴＳＤとの関係が強く疑われます。

もう一つ、この複雑型ＰＴＳＤが関わっているのは、先ほども述べましたトランス体質やシャーマン体質（サーダカウマリ能力）で、精神医学で言う一種の解離状態（解離性障害）です。これは狭義の精神病や精神障害ではありませんが、幼児期に複雑型ＰＴＳＤの既往があると、思春期以降にある種のストレス状態で意識の変容状態となって解離状態になりやすくなります。精神医学的に非常に難しい概念ですが、広義の解離性障害には、「解離性同一性障害（多重人格）」「解離性健忘（記憶障害）」「解離性遁走《とんそう》（家出）」などが包含されます。幼児期から「機能不全家族」に育った被虐待児が思春期になって「解離型ヒステリー」を引き起こしたり、この時期に「リストカット（手首自傷）」を示したりするのはこのカテゴリーに入ります。またいわゆる「催眠療法」によって陥る「意識変容状態」もこれに含まれ、昔から新興宗教団体で神様が守護霊や背後霊として憑《つ》いたとか、狐や狸が憑いたとかというのもこの解離性障害です。

機能不全家族に育った人は自我の発達が未熟なために、周囲の些細なストレス、トラウマ体験で様々な心理的反応を起こしやすいと言われています。実際、解離性障害のある人の八～九割は機能不全家族に育っています。

前述の全般的な不安障害や解離性障害はＡＤのみならず、複雑型ＰＴＳＤが深く関わっている可能性が大きいと思われます。脳科学的に言えば、自閉症やＡＤは主に「大脳の前頭葉・側頭葉」と「大脳基底核」と「小脳」の障害ですが、複雑型ＰＴＳＤは主に大脳辺縁系（海馬や扁桃核）が深く関わっています。

「恋愛小説の執筆」という自己治療

市川氏はある専門家から「アスペルガー障害である君が恋愛小説を執筆したのですか」と驚かれたようですが、何も知らなければ私も同じ感想を抱いたことでしょう。ＡＤＨＤやＡＤで小説を書く人は少なからずいますが、その書くもののほとんどがジュール・ヴェルヌのようなＳＦ小説、エドガー・アラン・ポーやアガサ・クリスティーのような推理小説、ウィンストン・チャーチルのような戦記物語や自伝です。また小説家よりも脚本・劇作家、詩人、評論家、歴史家が多数です。ＡＤ者が恋愛物語を執筆することは極く稀であろうと思われます。ただアーネスト・ヘミングウェイは典型的なＡＤＨ

Dとされていますが、彼が『武器よさらば』『誰がために鐘は鳴る』などの「恋愛小説」の趣を加えた戦争小説を執筆してノーベル文学賞を獲得しているのが一部の例外でしょう。

市川氏自身、自分の作品は宮沢賢治の『銀河鉄道の夜』とよく似ていると言いますが、私も全く同じ意見です。宇宙（星座）のこと、聖書の言葉、愛する者を失ったという「愛と死」のテーマ、幼少の頃の「郷愁（ノスタルジア）」を喚起させる表現、「共感覚」「サーダカウマリ能力」「臨死体験（死と再生）」などのイメージや象徴を多く用いる表現が星屑《ほしくず》のようにちりばめられています。私の古くからの知己で『「銀河鉄道の夜」と聖書』の著者の一人・富永國比古《とみながくにひこ》氏は、「宮沢賢治はＡＤＨＤ・アスペルガー障害を有していた」と別の著書で記述しています。

「恋愛小説を書くことは自己治療である」と市川氏は言われていますが、私も精神科医として的を射た表現だと思います。彼には彼なりの恋愛小説の作風があると思いますが、その原点には、亡き母親との幼児期からの母子共生的、母子密着的な愛情体験と、奥さんとの出会いから結婚までの恋愛体験があるように思われます。

母親があるがままの市川氏を完全に受容したために、自尊感情が育ったのでしょう。軽度発達障害児・者は一般に、あるがままに受容されることが少なく、非難・叱責されて育つので、九～十一歳の前思春期やそれ以降の思春期・青年期になると自己評価が低く、劣等感が強くなって不登校、うつ状態、反抗挑戦性障害やひきこもりなどの二次障害を示すようになるのですが、これらをあまり示さずに大人になれたのは母子関係が要因でしょう。「自分は早く大人になって母親を守ってあげなければ」という自尊感情を芽生えさせ、子供の頃から寝たきりの母親の面倒をみてあげたり、中学・高校で弁当が必要になると自分で朝早く起きて作っていたそうです。

市川氏が恋愛小説を書くようになったもう一つの原点は、奥さんとの出会いから結婚に至るまでのプロセスではないでしょうか。俗に言うプラトニックラブですが、これが市川氏の「愛と防衛（警戒）反応がせめぎあっている」、内気で人見知りが強い恋愛スタイルには丁度しっくりうまくいっていたものと思われます。

市川氏の恋愛小説の大きなテーマは「愛と死」ですが、これは母親が「死にたい」という希死念慮を口癖にしていたために、自分がいない間に母親が死んでいたらどうしようという死への予期不安が強くなったものと思われます。

奥さんと子供さんの命にも「ものすごく敏感」で、子供が巣立つまでちゃんと生きて見届けなければならないから必死だったのです。「必然的に死に対する感受性が高まる。常にいたわり、気遣い、支えようとするので、共に過ごした時間の分まで相手の魅力が増して行くように感じられる。そのため愛情がどんどん高まっていく。十年経てば十年分だけときめきが増していく」と記しています。

市川氏とその母親の死に対する不安・恐怖がこれだけ巨大なものになった理由として、「姉の存在と死」が関係していると考えられます。母親は市川氏の姉を死産しているので、再度子供を失うこと、喪失への不安恐怖が非常に強くなり、この強い不安・恐怖を市川氏に向けて「共依存」の状態になったのでしょう。一時期市川氏にベタベタ甘えて「退行（子供返り）」したり、市川氏に女装させて満足するという代償行為（精神分析学で言う「投影性同一視」）をしたのもそのためでしょう。その後母は亡くなりましたが、母の死は市川氏にとって大きなトラウマになっていてその記憶にはロックをし、今でも写真や遺物が見られないそうです。

もう一つ、市川氏の母親と奥さんに共通するのは、音や光、嗅覚と触覚への過敏さがみられたことではないでしょうか。奥さんとの出会いの記憶の初めにあるのは、「彼女のブラウスを透かして見えていた、下着のあざやかな白さだった。（中略）15の彼女は一切の虚飾をそぎおとした、とても簡潔なからだつきをした、どちらかと言えば控えめな印象の少女だった」とあります。ちなみに市川氏は「骨フェチ」で、太めの女性は全く苦手なようです。

ＡＤ者は通常の人より感性が豊かで、美しいものや心地よい匂いや触感に非常に敏感なのです。

「生物学的多様性」と「発達障害だからできたこと」

「ふたりの出会い」で述べたように、市川氏の「自分も同じ障害を抱えていますが、それでも前向きに頑張って社会に貢献することができるという明るい希望を社会に示したい」という言葉に、私は大変感銘を受けました。

「多様性こそが大切」「ひとと違っていることは『間違っている』と言われ続けたら、たいていの人は『ああそうなんだ。自分は間違った駄目な人間なんだ』と思ってしまうはず。でもそれはちっとも真実なんかじゃなくて、本当は多様性こそが大切なんだ」というのは同じく発達障害者である私も普段から考えていることです。

生物学的多様性とは多少難解な言葉ですが、簡単に言うと、地球上の生物がバラエティに富んでいること、つまり複雑で多様な生態系そのものを示す言葉です。これには生態系の多様性の他、種の多様性、遺伝的多様性も含まれています。一見したところ当然で当たり前のことのように見えますが、実は地球全体の環境にとっても、一つ一つの種の生存にとっても極めて重要なことなのです。

植物の一種のジャガイモを例にあげます。原産地は南米のアンデス山脈です。ジャガイモには、数十種類の多様性があって、合っている気候、病気への抵抗力、生産性が種々多様なので、ある種の条件で全体が絶滅することは決してありません。一四九二年にコロンブスがアメリカ大陸に到達した後に、ジャガイモは痩せた土地でも沢山収穫できるため、ヨーロッパに輸入されて栽培されました。ところがスペイン・ポルトガル人は多数のジャガイモのうち、生産性の高い四～五種類だけをヨーロッパに持ち込みました。その結果、十九世紀にジャガイモの疫病が流行り、疫病に弱かったジャガイモだけを主食にしていた貧しいアイルランドでは何百万人もの人がアメリカ大陸などに移住しました。いわゆる「ジャガイモ飢饉」です。

植物でも動物でも生産性、収益性など一部のことのみを優先すると、大きな気候変動、疫病、戦争などの危機状態で種の絶滅につながることが示唆されています。種全体の絶滅を免れるためには「生物学的多様性」が不可欠なのです。

さて議論の中心である発達障害について言及します。

広義の精神障害には多くの種類があります。統合失調症、躁うつ病などの狭義の精神病、気分障害（うつ病）、不安障害（神経症）、依存症（アルコール、薬物、ギャンブルなど）、認知症、パーソナリティ障害、そして発達障害です。これらの全ての精神障害には遺伝的要因が絡んでいます。その中でも最も高い確率で遺伝するものは、統合失調症や躁うつ病などの精神病だろうと一般の人は思っていますが、最も高い確率で遺伝するのは実は発達障害なのです。遺伝学者は双生児研究を用いて様々な病気や精神障害の遺伝的要因を探っていますが、精神病では一卵性双生児、つまりほとんどクローン人間である場合の発病一致率はほぼ五〇パーセントです。即ち残り半分の原因は養育環境や心理的トラウマやストレスなのです。

ところが自閉症やADHDなどの発達障害の場合、一卵性双生児の発病一致率は八〇～九〇パーセントです。これは主な精神障害の中では最も高い確率です。

話は飛びますが、私の妻は敬虔《けいけん》なクリスチャンであり、私も三十年前に大腸ガンと転移性肝臓ガン（肝臓の右葉と左葉の二箇所）を患ってから遅ればせながら洗礼を受けました。「すべての生物は創造主である『神』が作られたものであり、一つとして無意味なものはない」というのが私の信念です。一般人口の一〇パーセント以上にものぼる人たちに存在の意味がないようなハンディキャップ・障害という賜物《たまもの》を神が授けたとは考えにくいのです。

日本の歴史上、戦国時代に「天下布武」を掲げて登場した織田信長はADHDとされています。非常に攻撃的で戦闘的な人でしたが、素晴らしい幾つもの「ひらめき」をもって封建社会を覆した革命児でした。薩長連合や大政奉還などを実現させ、勝海舟に「あの男ひとりで幕府を倒した」と言わせたADHDだったとされる坂本龍馬も幕末には必要不可欠な人物でした。またかくも発達した現代文明の基礎となった科学的な大発見をしたニュートンやアインシュタインはADであり、エジソンも細菌学者のパスツールもADHDでした。ルネサンス時代のレオナルド・ダ・ヴィンチやミケランジェロなど偉大な芸術家もADHD・ADであったことが医学論文で立証されています。さらにモーツァルト、ベートーヴェンのような音楽家やピカソ、ダリのような画家は発達障害のために日常生活で様々なハンディを背負いながらも、芸術史上著明な業績を残しています。

このように、普通の人では到底思いつきそうもない「発見・発明」をしたり、「ひらめき」を示したり、ひとつのことに異常なほど「のめり込む」こだわり傾向を示したり、「好奇心」が人並み外れて旺盛な「新奇追求傾向」を示したりと、過去の因襲にとらわれず積極的に新しい時代を切り開いていく「ADHD・AD特性」は、一時的には周りと軋轢を生じて不適応を起こすように見えても、長い人類の歴史から見ればなくてはならない存在なのではないかと私には思えてならないのです。

特に戦国、幕末、ルネサンス期、革命期などの時代は、常識的な普通の人たちだけでは決して乗り切れないでしょう。神はこのような大変革の時代を予測して、人類が滅びることがないように人口の一〇パーセント以上もの発達障害者を人類の中にあらかじめ備えておいたものとしか思えないのです。

聖書では障害を持った人の存在意義についてはあまり触れられていませんが、一箇所だけ、イエスの弟子たちがイエスに尋ねます。「この人が生れつき盲人なのは、だれが罪を犯したためですか。本人ですか、それともその両親ですか」。イエスは、「本人が罪を犯したのでもなく、また、その両親が犯したのでもない。ただ神のみわざが、彼の上に現れるためである」と答えます（新約聖書・ヨハネによる福音書九章二〜三節）。

この「神のみわざ」とは何なのか、信仰の薄い私にはわからないのですが、「生物学的多様性」を霊長類である人類にも備え、社会の大変革期にあって、何とか切り抜け、滅びたり衰退したりしないように、発達アンバランス症候群や発達凸凹症候群（私は障害児・者と家族にはいつもこう言います）と呼ぶべき、発達障害をあらかじめ備えておいてくれたのではないかと私は信じています。

市川拓司氏が日本の恋愛小説界の寵児《ちょうじ》・旗手であるのみならず、世界でもベストセラー小説家として活躍しているのは、全能の神が、医学、科学、政治、軍事、芸術、その他一般の文学分野のみならず、恋愛小説という分野でも、発達障害者が活躍できることを示しているように思えてなりません。

即ち、神は発達障害者が「愛と死」というテーマで、定型発達者よりも深い洞察力と説得力をもって表現できるという、大きな「愛と希望」を人類に与えてくれたのです。

最後に、本書の後半における、新型コロナ禍を経た市川氏についても診断をしておきます。

新型コロナ禍で不安緊張が増悪し、発達障害の二次障害としてのパニック発作・抑鬱のダブルパンチ、強迫性障害・心身症の他、習癖の問題である「徘徊」（チックと貧乏揺すり）、自律神経発作などが増悪しているようです。

これは近年米国などでよく報告されている、「発達障害者はＰＴＳＤや急性ストレス反応に陥りやすい」ことと関連しているようにも思われます。前頭葉〜大脳辺縁系〜視床下部のモノアミン系支配、特にセロトニン系の脆弱性があるために、発達障害者、特にＡＤではトラウマに弱く、いわば「心的外傷・トラウマ体験」が「こびりつきやすい」といわれています。これが著しい場合パキシル、レクサプロなどのＳＳＲＩ（選択的セロトニン再取り込み阻害薬）がよく用いられます。

「ぼくは捨てられない、拾うひと」を読むと、「なんでも溜め込む癖がある」とあります。これは近年ＡＰＡ（アメリカ精神医学会）によるＤＳＭ－５に新たに「ためこみ症」(Hoarding Disorder)として追加されています。広義の強迫症状（強迫性障害）ですね。

また、市川氏はトリプトファン、ナイアシン、オメガ3系脂肪酸などを積極的に摂取されているようですね。これらはいずれもセロトニンの増強に働きます。自閉症と鬱病（気分変動）は脳内のセロトニンの欠乏と密接に関連していますので、これが良い方向に効果を呈しているのでしょう。

発達障害《はつたつしょうがい》だから強《つよ》くなれた
ぼくが発達障害《はつたつしょうがい》だからできたこと　完全版《かんぜんばん》
（朝日文庫）

2021年7月30日　第1刷発行

著　者　市川拓司《いちかわたくじ》

発行者　三宮博信
発行所　朝日新聞出版
〒104-8011　東京都中央区築地5-3-2
電話　03-5541-8832（編集）
　　　03-5540-7793（販売）
印刷製本　大日本印刷株式会社

ISBN978-4-02-262053-8